U0007468

GOBOOKS & SITAK GROUP

致青春 091

玫瑰塔

(上)

棲見　著

高寶書版集團

目錄
CONTENTS

第一章　比克大魔王

午夜剛過，凌晨十二點半。

繁華市中心街市如畫，燈紅酒綠破開茫茫夜霧，光影閃爍。

孟嬰寧側身站在酒吧門口，歪著頭瞥了不遠處的一群魑魅魍魎遊街一眼。

帝都最出名的酒吧一條街，年輕男女們盡情狂歡的天堂，一到晚上就什麼妖魔鬼怪都有，整座城市四一九（一夜情）以及搭訕文化最發達集中的區域。

比如斜前方站著的這對，男的染了一頭紅毛，好在顏值頗高駕馭得住，看起來挺有幾分走在潮流前線的時髦，女的長腿水蛇腰，笑起來嬌媚動人。

兩個人三分鐘前剛搭上話，這時，潮流前線的手已經搭上了小嬌嬌的細腰。

孟嬰寧移開視線，又抬手揉了下眼，打了個哈欠。

睏得快睜不開眼睛了。

她有點不明白自己為什麼在這個美好的週五、在雜誌社加班到十一點以後的週五不選擇回家泡個澡然後舒舒服服早早睡覺，非要腦子一抽大半夜的拖著這副殘破之軀跑到這裡來跟陸之桓參加這個什麼鬼電音趴，但沒辦法，她要為雜誌下一期的主題來取材拍照。

《SINGO》創刊六年，每兩年競選更換一次主編，就在一週前換了第四任，比美國總統競選還勤。

據說，三任主編無一例外，都是頭髮絲亂一點都不行的龜毛，並且一個比一個龜毛得更厲害。

孟嬰寧進公司三個月，剛來得及感受並適應了前一任主編強迫症一般的龜毛以及一連串怪癖，主編換人了。

並且這個比前一個病情更嚴重，上任第一週，整個編輯部大刀闊斧地整頓，她們這個部門原本排好的後三個月的主題換了個乾淨，資料圖片剪輯，預約訪談全部作廢，主編大手一揮，定下了下一期抽象又炫酷的新主題——《觸電》。

還觸電，下個月月刊屁都弄不出來，還不把你烤焦。

孟嬰寧真的是有一肚子怨氣。

身後有人推門從酒吧裡出來，轟隆隆的音樂攜著一陣陣的尖叫和鬼哭狼嚎傳出來，冷氣撲面一瞬，又被隔絕在門後。

孟嬰寧垂頭，翻看一遍單眼相機裡剛剛拍到的照片和影片，耳邊只剩下陸之桓聒噪的、持續不斷的，已經長達十分鐘的碎碎念——「真的，不是我亂說，四手啤酒，一箱五十六度的高純度白酒，」陸之桓比了五根手指出來，在她眼前晃了晃，「眼睛都沒眨一下，仰頭就悶了，兵哥哥是真的猛。」

「兩個小時，白的、黃的、紅的亂混，一瓶瓶的乾，跟喝雪碧、芬達、可口可樂似的，哪能這麼玩的啊？」

「我再也不跟那群人出去喝酒了，第二天人都傻了，我媽以為我出去嗑藥了，真他媽承受不住。」

「我跟妳說話呢，妳看什麼呢？」

孟嬰寧轉過頭來，茫然的看著他：「嗯？」

陸之桓：「……」

孟嬰寧整個人沒骨頭似的軟趴趴靠著玻璃站，好半天，反應遲鈍地「啊」了一聲：「陸之州回來了啊。」

陸之桓：「……有點禮貌，我哥的大名是妳能隨便叫的？叫陸長官。」

「……」

孟嬰寧偷偷翻了個白眼。

陸之桓和他這個堂哥從小關係就好，他們陸家講究，到了這一輩用「之」字，名字都是規定在族譜上的，一個桓一個州。

陸之州九歲搬到大院裡來，那年孟嬰寧還沒怎麼記事，趴在窗臺上看著鄰居家的陸叔叔提著兩個大行李箱進院子，身後跟著一個沒見過的哥哥。

隔天，陸之桓就拉著這個哥哥過來，一臉驕傲得意洋洋的跟他們介紹，這是他哥哥，成績超好的。

從此，陸之桓就變成了小朋友裡的扛把子，因為別人都沒有哥哥，只有他有。

直到後來，大院裡又來了個比克大魔王，直接用他殘暴的做派終結了陸之桓小朋友長達兩年的統治。

不過這是後話了。

當時的陸之桓小朋友還是很有面子的，每天領著還在上幼稚園小班的孟嬰寧跟在陸之州屁股後面，那時孟嬰寧話都還不太會說，兩個人像兩條小尾巴似的，一放學就跟在少年後頭雄赳赳氣昂昂往家走，邊走邊拍馬屁：「州哥最棒！」

孟嬰寧口齒不清：「啾啾棒！」

陸之桓：「州哥最強！」

孟嬰寧奶聲奶氣：「啾啾強！」

陸之桓：「之州哥哥太帥了！」

孟嬰寧那時還小，被這麼拽著走了一路太累了，也不配合他繼續拍馬屁，邁著兩條小短腿快跑兩步，胖得一段一段的小手臂抱住少年的腿，皺著臉撒嬌：「啾啾抱。」

少年回過頭來，認真地糾正她：「州。」

孟嬰寧歪著腦袋，大眼睛眨呀眨，小嘴一撇，臉蛋肉呼呼地鼓起來：「啾。」

少年陸之州：「……」

——於是每次都是陸之州把她抱回去送回家，再被孟母熱情地拉進家門吃個霜淇淋，誇個十分鐘別人家的小孩順便再留下來吃個晚飯才走。

再後來，陸之州去念軍校，又入伍，和大院裡的孩子都斷了聯絡。

一別近十年。

孟嬰寧回過神來，陸之桓這個人的嘴巴竟然還沒停下來：「上個禮拜回來的，我剛剛不是跟妳說了嘛，他和陳妄哥，還有那群哥們，」陸姓複讀機再次舉起五根手指頭，「四手啤酒，陳妄哥一個人乾了三——」

孟嬰寧本來就睏到思緒凝固，累到手腳發軟，發呆回憶過去的功夫整個人都快趴到地上了，根本沒注意聽他在說什麼，只捕捉到兩個字。

孟嬰寧一頓，視線從單眼相機螢幕上移開，抬起頭來：「誰？」

陸之桓：「啊？」

孟嬰寧眨了一下眼，換了個說法：「你剛說了什麼？」

「……」

陸之桓：「我剛剛在這跟妳說了這麼長的時間妳都當我放屁了？」

孟嬰寧杏仁眼彎起，眼角微翹，笑得很甜：「怎麼會呢，我是當你放屁被風吹散了。」

陸之桓瞪著她：「孟嬰寧，絕交，聽見了嗎？以後妳在社群上再被黑我絕對不幫妳吵架。」

孟嬰寧：「你看我在乎過？不被黑的網紅能叫網紅嗎？」

「……」

陸之桓無話可說，朝她抱了抱拳。

被他這麼一打岔，孟嬰寧也沒繼續問剛剛的問題，事情幹得差不多，她收好單眼相機打了個哈欠，抬手蹭一下痠脹的眼角，然後慢吞吞地站直身子轉頭，背著身朝他擺了擺手，拉開酒吧門走進去。

這裡離她家不算近，搭車回去也要半個多小時，孟嬰寧準備上個廁所再回去。

一進門音浪撲面而來，耳道裡充斥著各種動次打次的轟隆音效以及男高中低音混雜的「put your hands up」，孟嬰寧垂著眼，慢吞吞地穿過五光十色的光柱和人群，繞過舞池最擁擠的地方貼著牆邊走到洗手間門口。

裡面是滿的，好幾個女生還在門口排隊等著。

孟嬰寧轉頭上了二樓。

這家酒吧二樓是會員制包廂，環境、隔音都挺好，老闆很年輕，跟陸之桓的關係搞得不錯，孟嬰寧也跟著見過幾次，直接無證通行。

一上來果然安靜了不少，孟嬰寧被音樂聲震得晃蕩的腦漿緩慢歸位，頭重腳輕地往公共洗手間的方向走。

橢圓形的開放式洗手檯，右手邊是女廁，孟嬰寧出來以後走到洗手檯旁，把包放在旁邊矮桌上，剛拍開水龍頭，手機貼著口袋嗡嗡震動。

這廁所只有她一個人，她抽出手機看了來電顯示一眼，乾脆接通開了擴音，放在洗手檯上。

擴音一開，對面瞬間出聲，一段話說得半點停頓也沒有：『狐狸妳看到陸之桓的動態了嗎？我靠個傢伙怎麼平時吵吵鬧鬧的結果到了該吵鬧的時候反而沒聲音了。』

孟嬰寧關了水，平靜地擠了坨泡沫在手心搓開，清爽的檸檬味，驅淡了空氣中繚繞的菸草味。

她的聲線天生柔軟，又輕又甜，棉花似的軟綿綿地勾著人，正常說句話都像是在撒嬌：「妳能不能斷個句？」

電話那頭，林靜年吸了口氣：『妳知不知道陸之州回來了？』

孟嬰寧拍開水龍頭沖掉手上的泡沫，才不緊不慢應了一聲：「知道。」

『……』林靜年：『妳什麼時候知道的？妳竟然已經知道了？陸之桓跟妳說了？』

孟嬰寧剛要說話，眼一抬，餘光瞥見鏡子裡映出角落陰影處的一道人影。

她先是嚇了一跳，抿著唇往後蹭了半步，而後視線定住，人一頓。

那人不知道什麼時候出現的，黑衣、黑褲隱匿在陰影裡，面朝著她背倚牆站在垃圾桶旁邊，手裡夾著根菸，煙霧繚繞之中，猩紅的一點火光在他指間明明滅滅。

身形挺拔，短髮俐落，眉眼處的輪廓深邃，刀刀凌厲，側臉到下顎的線條冷硬，昏暗燈光下隱約看得見脖頸處脈絡起伏。

近十年沒見，男人早已褪去了少年時期的稚嫩不羈。

每一處細節都陌生到讓人恍惚，充滿了純雄性荷爾蒙。

經過了歲月的洗禮，比克大魔王變得更酷了。

比克大魔王成功進化成了比酷大魔王。

嘩啦啦的水流聲中，孟嬰寧正腦內自嗨到興頭上，林靜年打斷她繼續問：『那妳知不知道陳妄跟他一起回來了？』

孟嬰寧又是一頓，下意識抬眼看過去。

陳妄將手裡的菸掐滅，菸蒂扔進垃圾桶裡。

他的腦袋頂住牆面，下頜微抬，脖頸線條拉長，垂著眼皮子淡淡睨著她，沒動。

四目相對，寂靜五秒。

孟嬰寧眨了眨眼，慢吞吞地說：「知道吧。」

『什麼叫知道——吧？』林靜年一頓，安靜幾秒，不知腦子轉了幾個彎又想到什麼，忽然出聲問道，『他是不是去找妳了？』

陳妄眉梢稍揚。

一個禮拜連軸轉加班嚴重缺乏睡眠再加上又玩了一整個晚上，導致孟嬰寧此時大腦延遲偏高，反應能力嚴重退化，她有一瞬間的茫然，不明白她這句話的主語是誰：「誰？」

『陳妄是不是去找妳了？』

孟嬰寧還沒想好怎麼說。

『我就知道！一定是這樣！』林靜年那邊沒聽到回應，瞬間暴跳如雷，嚇得孟嬰寧一哆嗦，回過神來。

她忽然有種很不好的預感，水龍頭都沒關，也顧不得手上全是水了，回過頭手忙腳亂把放在檯面上的手機拿起來，想把擴音按掉，一邊連忙開口，準備打斷她的話：「年年……」

然而已經來不及了，她剛開口轉身抓起手機，電話那邊，女人憤怒的聲音響起，在空曠的空間裡顯得清晰又振聾發聵——

『狐狸！妳離他遠點！陳妄那個狗東西不是從小就對妳抱有骯髒齷齪的非分之想還圖謀不軌嗎！滾了快十年一回來就來找妳他現在是想幹什麼！』

林靜年大聲喝道，『他是不是又勾引妳了？他就是想騙炮！』

孟嬰寧手一抖，手機「啪嗒」一聲掉進水池裡。

林靜年這義薄雲天的一句話吼出來之後，場面一度十分尷尬。

這感覺有點像在公司裡，妳趴在隔板上跟妳同事說：「你知道嗎，我們主管是個傻子。」

一回頭，主管正站在妳身後面無表情看著妳。

真是修羅場到讓人呼吸困難。

早知道林靜年要說什麼，孟嬰寧一定在她開口提起這人的時候直接轉移話題。

她跟陳妄的那點青梅竹馬情誼從「騙炮」兩個字響徹天際的那一瞬間開始大概戛然而止灰飛煙滅了。

雖然本來也沒什麼情誼。

孟嬰寧覺得陳妄其實還挺慘的，慘到她不知道為什麼莫名有點想笑，從認識他起這人始終扮演著反派角色，十幾年過去了，至今林靜年提起他來依然是「陳妄那個狗東西」。

但林靜年剛剛在電話裡說的那些，所謂的骯髒齷齪非分之想圖謀不軌應該還是沒有的，他走那年，孟嬰寧才十四歲，正準備考高中呢。

對著一個小屁孩能有什麼彎彎繞繞不應該的想法，陳妄又不是畜生。

水池下面的塞子沒塞，裡面倒是沒存著水，但水龍頭剛沒來得及關，這時嘩啦啦的水流劈哩啪啦一股腦的全砸在手機上，澆花似的澆了個劈頭蓋臉明明白白。

孟嬰寧也沒那個閒工夫尷尬了，細小聲音哀嚎了一聲，手忙腳亂把手機撈上來，跑到旁邊抽了幾張紙巾，吸掉附著在手機表面上的水份。

那邊林靜年的聲音已經沒了，掀開紙巾再看，螢幕漆黑一片。

孟嬰寧不敢開機，將手裡濕透的紙巾丟掉換幾張乾燥的重新包起來，皺著臉扭過頭來，視線尋過去。

男人已經沒影了，不知道什麼時候走的，半點聲息都沒有。

空氣中還存留著未散盡的菸草味，應該是挺濃的菸，有點嗆，孟嬰寧抬手捏一下鼻子，看著孤零零立在那的銀白色垃圾桶，輕輕眨一下眼。

確實是沒什麼非分之想的。

話都懶得跟她說一句。

她手裡捏著手機，充電口朝下邊甩邊一路往外走，下樓，絲毫沒察覺自己忘了什麼。

出了酒吧門的時候陸之桓已經不在門口，不知道跑到哪裡玩了，好在這附近不難叫車，孟嬰寧上了計程車說了地址，司機也是個性格挺活潑的大叔，把車開出了賽車的龐克感，邊哼著歌腦袋還打著節拍，伴隨著音樂一腳油門衝出去。

孟嬰寧癱在後座，手裡捏著被紙巾包裹著的手機，思考一下這時候還有沒有有什麼能修手機的地方可能開著門。

她的身子往前傾了傾，手扶著副駕駛座椅背問：「司機大哥，請問一下現在幾點了？」

「一點了，」司機一邊快樂地哼著歌一邊抬手看了手錶一眼，從後照鏡裡看她，「小妹妹以後早點回家，這麼晚了，一個人不安全。」

孟嬰寧杏眼笑彎，應了，又道了聲謝：「謝謝您。」

女生有禮貌又討喜，司機這個夜班開的頓時更快樂了起來：「沒事，你們家那社區讓不讓外車進？我直接把妳送到樓下。」

又聊了幾句，車內安靜下來，孟嬰寧重新靠回後座。

這時候還開門的修手機的地方是不可能有了，只是不知道裡面有沒有進水，回家可以先拿吹風機吹吹再開個機試試。

她側頭看著車窗外從眼前極速掠過的一盞盞夜燈，腦子有些放空，明明半個小時前還累得上眼皮和下眼皮打架，這時卻不知道為什麼沒了睏意。

夜色深濃，讓人沉醉其中很容易就開始回憶過去。

孟嬰寧第一次見到陳妄那年七歲，她小的時候長得慢，跟同齡小朋友站在一起矮人家大半個頭，小小矮矮一隻，看起來像四、五歲的小孩。

那時學校放暑假，院裡的小孩都去後山玩，孟嬰寧不想去，一個人在院子裡鋪著小涼席的石床上睡覺，睡得迷迷糊糊的時候隱約聽見汽車引擎聲混著說話聲，緊接著又是重物拖地的聲音，砰砰鐺鐺好一陣子。

小女孩被吵醒，慢吞吞地坐起來，撅著嘴揉眼睛，一邊回頭伸著脖子往後瞅，也沒見著小夥伴們回來。

又揉著眼回過頭來，過了好幾秒，才看見石床旁邊站著一個人。

孟嬰寧抬起頭來。

穿著黑色T恤的陌生少年，眉眼都隱在細碎的額髮陰影後看不真切，唇瓣抿著，冷冷的，居高臨下看著她。

他整個人戾氣很重，在小孟嬰寧看來就是超級凶。

看起來非常嚇人。

孟嬰寧想起媽媽天天跟她說的話：「上學和玩的時候一定要跟大家一起，不可以自己單獨一個人待著，知道嗎？比克大魔王最喜歡抓一個人走的小朋友。」

那時候電視裡動畫《七龍珠》熱播，小孩子都害怕比克大魔王。

孟嬰寧的膽子特別小，尤其不喜歡這個角色，每次比克大魔王一出場，她都捂著眼睛從指縫裡看。

小女孩仰著腦袋，這麼愣愣地看了他一陣子，嘴巴一點一點的噘起來，小身子縮成一團，眼眶瞬間含了一泡淚，害怕得快要哭了。

她睡得臉蛋紅撲撲的，柔軟的頭髮蹭得有些亂，不知是因為靜電還是睡覺壓的，有一小綹很短的瀏海在腦袋頂上彎彎地翹起來，像立著根呆毛，隨著她的動作一顫一顫，在人的眼前一晃一晃的，怒刷存在感。

少年盯著她那撮毛看了幾秒，忽然往前走了兩步。

孟嬰寧瑟縮著想往後躲。

少年抬起手，捏住她的呆毛，往上揪了揪。

孟嬰寧嚇呆了，然後癟著嘴，嗚嗚地哭了。

於是林靜年他們一回來就看見這麼一幕，高瘦的少年手裡揪著根呆毛，滿臉冷漠的拽著晃來晃去，小女孩在他手底下被抓著，一手捂著自己的頭髮一手死死摳住身下的石板床，幅度十分微小的掙扎，哭得特別淒慘，抽抽噎噎氣都喘不勻了。

聲音細細，含糊地小小聲求饒：「別抓我……你別抓我，我乖的，寧寧聽話的……嗚嗚嗚嗚媽媽救救我……」

像隻被豹爪子死死按住的奶貓。

——從此陳妄成為孟嬰寧童年以及少女時代最討厭的人，也導致了林靜年對陳妄的第一印象直接 down 到谷底，再加上後來又被她誤會了幾次，這個印象分數再也沒能升起一毫米過。

陳妄站在酒吧門口等了四十分鐘，期間接了陸之州的電話。

『找到阿桓了？』

「沒。」陳妄咬著菸，聲音有點含糊。

『嬰寧呢？』

陳妄頓了頓，瞥了手裡的女包一眼，面不改色：「沒。」

『他跟我說他帶著嬰寧在那啊，好吧，我再打個電話問問他，』陸之州說，『你要是看見人了直接幫我逮回來，別讓他酒駕啊。』

陳妄掛了電話，拎著包往上提了提，借著LED燈的光線看了一眼。

屁大點的一個小包，拉鍊敞著，裡面就只放了一個單眼相機，半個鏡頭還露在外面。

陳妄覺得女生真是神奇的物種，揹個破包什麼東西都裝不了還非要揹，揹就揹吧，走到哪忘到哪。

又過了十幾分鐘，一輛計程車從街頭竄過來，停在門口，等了幾秒，車門被打開，女孩急慌慌地從上面下來。

陳妄掐了菸，抬起頭來。

酒吧街曖昧的光線幫她染了一層薄色，大腿襪向上幾吋的裙擺隨著小跑的動作翻飛，孟嬰寧慌慌張張的跑近，看見他站在門口的時候愣了愣。

然後看見了他手裡拎著的包，剛剛熄滅的尷尬重出江湖勢不可擋席捲而來。

孟嬰寧抬手捂住臉，她活了二十幾年，沒有哪一個瞬間能比此時此刻更丟人。

車都到家門口了，準備付錢的時候發現包沒在手上，才想起來之前放在洗手檯旁邊的矮桌上，結果走的時候光顧著手機，把它給忘了。

好在司機人好，笑呵呵又把她載回來了。

孟嬰寧再次抬起頭來，看向陳妄的方向，男人懶散地靠在她之前站過的位置，周身肅冷的侵略感把他和周圍柔軟糜爛的氣氛涇渭分明地分割開，巨大的反差對比惹眼又勾人，旁邊時不時有女人投來綿長視線，卻始終沒人敢上來搭訕。

計程車來回車程也花了一個小時，他就這麼一直等著嗎？

不僅幫她把包找回來了，還等著她回來拿。

孟嬰寧又感激又尷尬又歉疚，像是犯了錯的小朋友似的，小步挪了過去，站到他面前。

女孩今天綁了個丸子頭，長髮束上去，頭一低，一截白嫩細膩的後頸暴露在空氣中。

陳妄目光停了兩秒，把包遞給她。

孟嬰寧接過來，小聲說了句謝謝。

多年不見，比克大魔王像是轉了性子，搞得她現在愧疚之中竟然還有些許的恐慌，強忍著拔腿後撤拉開距離的衝動站著沒動。

「給錢了嗎？」陳妄問。

孟嬰寧茫然抬起頭：「什麼錢？」

陳妄下巴往她身後不遠處計程車方向揚了揚，聲線低緩寡冷：「車費。」

孟嬰寧才想起來，身後可憐的司機還等著她呢。

她趕緊小跑過去，連道歉帶感謝，一邊拉開包找現金：「司機大哥，一共多少錢？」

司機笑瞇瞇地：「一百二。」

孟嬰寧從包裡翻出錢包，打開，抽出裡面所有的錢，開始數。

一張五十、一張二十、兩張一塊。

「……」

孟嬰寧的大腦有些凝固。

她現在花錢的時候基本上都是手機支付，導致其實已經很長時間沒有用過現金了，原本以為皮夾裡應該還有幾張一百，結果沒想到高估了自己。

竟然一張也沒有。

孟嬰寧頂著來自司機和身後男人雙重注視的死亡目光拉開包包，不死心地把各個角落都仔仔細細地摸了一遍。

摸了五分鐘，最後終於在夾層裡摸出來一個五毛錢的硬幣。

——加起來一共七十二塊五。

孟嬰寧回過頭，隔著滿街燈火絕望的看了陳妄一眼。

不知怎麼的，陳妄覺得自己從她這一眼裡看出了對命運的掙扎。

是真的很掙扎。

當妳覺得和相隔十年沒聯絡過的人重逢一見面就把人劈頭蓋臉一頓叼，結果人家非但懶得計較還幫妳撿到了包等著妳回來——已經是妳人生中最尷尬的時刻的時候，生活往往會帶領妳走向更尷尬的輝煌。

妳好像必須跟人借四十七塊五的車費。

關鍵是，你們少年時代的關係還不是那麼的和諧。

孟嬰寧不知道自己混得到底是有多慘，渾身上下只能摸出七十二塊五毛錢。

司機混跡江湖這麼多年，什麼大風大浪沒見過，從孟嬰寧的表情裡也看出了端倪，立馬從車里拉出來一個付款碼的小卡片，兩種手機支付APP條碼。

司機笑瞇瞇善意提醒道：「小妹妹，用哪個？」

孟嬰寧舉起自己被衛生紙包著的手機，艱難道：「大哥，我的手機進水壞了。」

司機：「……」

孟嬰寧欲哭無淚：「……要不然您再把我送回去，我上樓拿了錢付給您？我照錶付，一分錢都不少的，再加五十給您，可以嗎？」

司機覺得這小妹妹挺奇怪的，她的朋友明明在後面站著呢，兩人剛才又對話又拿包的，互動起來自然又默契，關係看起來挺好。

但她寧願多花五十塊錢，都不叫她那朋友先幫忙墊墊。

司機也是個腦洞挺大的大叔，開始懷疑自己是不是陷入什麼詭異又新鮮的詐騙騙局被人套路了，而套路的盡頭是不為人知的黑暗。

他狐疑地看了眼前的小妹妹一眼，看起來又乖又討喜，漂亮得跟明星似的，覺得不太可能。

怎麼看都是個好孩子，可能是有別的原因。

他點點頭，正想答應：「行……」

視線一滑，看見她身後那位朋友過來了。

陳妄走過來，垂眸看了一臉快哭出來了的女孩一眼，又掃見她手裡緊緊捏著的那皺皺巴巴的幾張零錢，明白過來。

陳妄單手撐著車窗框，俯身垂頭往車窗裡看進去，薄的黑色T恤隨著動作勾勒出他背肌到肩線線條，拉伸出來的弧度流暢，充滿野性的力量感。

「大哥，一共多少錢。」

他直接開口問，嗓音帶著沙質冷感。

「一百二。」司機說。

陳妟從口袋裡抽出皮夾，抽了兩張一百的出來，遞過去。

司機笑呵呵的找錢遞給他，伸頭出來，語氣莫名有點八卦的味道：「那還需要我再把她載回去嗎？」

陳妟笑笑，直起身：「不用，今天晚上麻煩您了。」

「為大家服務。」司機很酷的擺了擺手，又是一腳油門衝出去，來無影去無蹤。

整個過程裡，孟嬰寧連半個屁都沒來得及放，這時才找到空隙說話：「你的手機號碼多少，我手機修好就把錢轉給你。」

陳妟轉身要走：「不用。」

「……你直接說就行了，我能記住。」孟嬰寧屁顛屁顛的跟在他後面，堅持道。

陳妟腳步停住，轉身垂頭掃了她一眼。

她抿著嘴唇，仰頭看著他。

在此時呈現出藍色調的光線下，女孩的皮膚被襯得冷白，那蜿蜒著一直浸透到耳根的大片緋紅顯得非常明顯。

這樣就不好意思了？

臉皮也太薄了。

陳妄揚眉，緩聲報了一串號碼，轉身繼續往前走。

孟嬰寧垂著頭，一邊小聲嘟囔著重複幾遍一邊無意識地跟著他往前走，記住以後餘光瞥見前面的人停下腳步，抬起頭來。

兩人停在一輛黑色SUV前，孟嬰寧不會開車，對車的品牌也沒什麼研究，陳妄掏出車鑰匙，拉開駕駛座車門：「上車。」

孟嬰寧也沒矯情，俐落地開車門爬上後座，報地址。

這一番折騰下來已經凌晨兩點了，車子在夜道飛馳駛上高架橋。

車內一片安靜，氣氛沉默到令人窒息。

時間切割出十年空白，按照人體每七年完成一次完整的新陳代謝的說法，他們現在已經是兩個完完全全的陌生人。

話題匱乏，彼此完全不瞭解，一句話都說不來。

更何況孟嬰寧剛剛渡完人生一劫，恨不得現在能憑空出現一扇空間門讓她馬上到家，立刻結束跟陳妄的獨處。

孟嬰寧家在一片新建的高檔社區住宅，因為地理位置略偏，離市中心有些距離，在同檔次社區裡房價相對偏低。

但社區附近有超市有菜市場，出門步行十分鐘就是地鐵站，生活和交通都方便。

車子緩緩駛進社區，車上兩人全程沒說任何多餘的話，孟嬰寧昏昏欲睡，到了社區樓下強打起精神，開門下車，道謝加道別。

陳妄還沒來得及說話。

女孩轉身就走，纖細小小的背影融進夜色中，怎麼看都有種落荒而逃的感覺。

嘖。

陳妄透過擋風玻璃看著她幾乎一路小跑進去，沒急著走，懶懶靠回駕駛座裡抽出菸盒敲了一根，摸出打火機點了。

手機在口袋裡嗡嗡地震，陳妄咬著菸空出手，接電話：「喂。」

『我弟他們找到了嗎？』

陳妄不耐煩：「你他媽下半輩子跟你弟過得了，一個大老爺們都二十五了，去個酒吧有個屁好找的，要不要老子幫你把人栓在褲腰帶上？」

陸之州：『他自己出去野誰管他，不是還帶著狐狸去的嘛，這小子不可靠，瘋起來就沒完沒了，別把人丟了。』

陳妄一哂，低道：「你以為這丫頭是什麼省油的燈？」

陸之州沒聽清楚：『什麼？』

眼角瞥見前面光線一閃，陳妄抬起頭，看見三樓某戶燈光亮起。

先是落地窗前掛著的窗簾晃了晃，而後從窗簾後面慢吞吞探出一顆小腦袋，看起來似乎是偷偷摸摸地往外瞧了一眼，然後拽著窗簾唰地拉上了。

於是人影在淺色的窗簾布料後面糊成一道，然後一點一點淡出視線消失。

「沒，」他掐了菸，「孟嬰寧回家了。」

『你看見她了？』

「嗯。」

陸之州放下心來：『那行。』

「操哪門子的心，」陳妄垂眸，淡聲嘲道，「人家沒有你這麼多年也好好的。」

陸之州從小性格就是不緊不慢的，兩個人從小長大，早就習慣陳妄這下水道裡滾過一圈的破爛脾氣，也不在意，轉頭說起別的事：『你的報告批得倒是快，老李還真捨得讓你走啊。』

陸之州沒等他回答，又道：『昨天于凱還跟我說，就是之前一直跟在你屁股後面那小孩，叫什麼虎，聽說你走了也喊著要走，要回老家種田去，你說這不是犯傻嗎，被老林嚎了一頓又罰四十圈，跑完躺在地上哭。』

陳妄沒說話。

陸之州嘆了一聲，繼續道：『大家都覺得可惜，但其實你能想明白就行，兄弟，有些事你扛著的時候覺得放不下，其實放下了就發現也只是那樣了，人活幾十年，哪有什麼真的忘不了放不下的，再說這本來也不是你的錯。』

陳妄垂著眼，沒動靜，不知道有沒有在聽。

凌晨寂靜，霧也喧囂，電話那頭傳過來的聲音漸遠，像風在嘆息。

一連幾日，孟嬰寧都無法抽出時間聯絡陳妄。

本來是打算週末去把手機修了，結果這邊剛修好，開機插卡讀取完，瞬間就湧進來幾十則來自各處的訊息以及一通電話。

手機修好，孟嬰寧心情挺好，接起來歡樂道：「李姐，中午好啊。」

那頭瞬間咆哮：『好妳個頭！孟嬰寧這一個上午妳幹什麼去了？我打了十八通電話給妳！十八通！妳是把我拉黑了吧！馬上！給我！滾回公司來！』

孟嬰寧：「……」

她屁滾尿流趕回雜誌社，連午飯都沒來得及吃，進辦公室又被堵在門口一頓叨。

李歡今年三十一歲，《SINGO》編輯部部長，原本精緻到每天口紅色號都必須不一樣的職場精英女強人此時素顏穿著件大媽領紫茄子色薄開衫站在兵荒馬亂的編輯部中心指揮，頑強奮鬥在週末加班的最前線。

叨完了開始說正事：「這期封面的陸語嫣，妳找的？」

孟嬰寧不明所以：「是，之前朱姐讓我聯絡的。」

「推了。」

「啊？」

「推了，主編看不上，說她長得像羊駝，那鼻梁還沒羊駝高，嘴比大青鯊都大，不夠高級。」

李歡覺得自己腦袋疼，「條件妳去談，隨便找個什麼理由吧，反正合約還沒簽，也不是什麼惹不起的一線，本來能上我們雜誌都要燒香拜佛了。」

孟嬰寧覺得這樣不太好：「可是之前主編……」

李歡手裡捏著的資料夾啪嘰拍在她的腦袋上，壓著嗓子：「之前的主編和現在的是同一個人嗎？還敢提之前？不知道辦公室人多嘴雜多少雙眼睛？還是妳想跟著之前的主編一起滾蛋？」

孟嬰寧捂著腦袋，可憐地看著她，閉嘴了：「我知道了李姐，我去找陸語嫣。」

「還有新主題的照片，拍出來的全修了，下週五開會的時候挑，和剪好的影片一起給我，」

被人叫走前，李歡快速囑咐，「向開元老師的採訪稿下週之前整理完放我桌子上——別發呆了小妹妹，回神！幹活！」

孟嬰寧忙不迭的去了。

整個週末兩天就像是不存在一樣連著週一過去了，一直到週四晚上，她敲完專題採訪稿最後一行字，整個人虛脫地癱在椅子裡。

事情基本上都做完，擔子一脫，疲憊感頓時襲來。

孟嬰寧的位子靠著窗，辦公大樓巨大的落地窗外，天空是深濃的黑，月色清冷冷籠著世界，地面上高樓櫛比鱗次，高架橋上飛馳而過的車流拉出絢麗光帶，明黃和紅交織，構成帝都流離璀璨的夜。

辦公室裡只剩下零零散散幾個人，孟嬰寧看著窗外發了一下子呆，準備收拾東西回家，突然想起還欠了比克大魔王二百塊錢的事。

她從桌角撈過手機，椅子的滾輪往後一滑，整個人趴在桌上，回憶一下陳安的手機號碼。

他應該也挺忙的，不知道部隊裡能不能用手機。

孟嬰寧想了想，先在手機支付ＡＰＰ裡輸了他的手機號碼。

結果帳號不存在。

又換了一個ＡＰＰ。

查無此人。

孟嬰寧沒辦法，只能傳簡訊過去。

果然還是要先確認一下是不是他？雖然她對自己的記憶力挺有自信的，但都過去這麼多天了。

她垂頭打字：『陳妄嗎？晚上好？』

等了一下子，對方竟然回了。

『嗯。』

孟嬰寧很得意，放下手機為自己的記憶力鼓了鼓掌。

又拿起來，手速很快，劈哩啪啦的打字：『哇你能用手機啊，是我是我！之前你不是幫我墊了二百塊錢車費嘛，你給我手機支付帳號我轉給你呀。』

陳妄：『沒支付ＡＰＰ。』

孟嬰寧愣了愣。

這年頭還有人沒有手機支付。

孟嬰寧再次垂頭，飛速道：『聊天軟體轉帳也可以嗟。』

一分鐘後，陳妄：『沒有。』

「……」

什麼叫沒有，也沒聊天軟體？

連我外婆都有了。

孟嬰寧茫然了。

也就是說，只能當面給現金的意思是嗎？

陳妄收到簡訊的時候剛拿回手機，仰面躺在操場上聽一群小孩聊天。

剛入伍的小孩性子還很跳，什麼都聊，這時候的話題是以前交的那些女朋友。

正聽著其中一個吹著牛「我的前女友腿又長又細能跟臺北一零一比」的時候，手機在口袋裡震了震。

陳妄抽出來看了一眼，一個陌生號碼。

+86 139xxxx xxxx

——『晚上好？』

小心翼翼的語氣。

陳妄都能聯想出她打出這句話時的表情。

陳妄慢悠悠地回了一個：『嗯。』

那邊回覆很快，女孩當面見到他的時候渾身上下都寫滿了「不熟」、「我想走」、「我怎麼這麼倒楣」、「什麼時候完事」的不自在，傳訊息時的語氣倒是跳脫得很，跟他要手機支付和聊天帳號。

手機支付陳妄是真的沒有，聊天軟體倒是有，但太久沒上，他自己都不記得密碼，也懶得找回來。

他正想著要不然找回密碼，畫面剛退出去，手機一震，孟嬰寧又一則簡訊彈出來。

+86 139xxxx xxxx

——『那就獻精吧？』

陳妄：「……」

第二章　青春荒唐我不負你

不遠處一群小孩還在如火如荼地爭論著誰的前女友好看。有說自己前女友長得像張曼玉的，還有像莫文蔚的，到最後，竟然有說像年輕的時候的賈玲、蔡明的。

其中一個沒談過戀愛的覺得他們的話題讓人挺不明白的，他一臉納悶地抬手打斷了幾方爭執，虛心求教道：「不是，這有什麼好比的？再好看還不是前女友嗎？人家以後還能和你們怎麼的？」

「……」

小夥子們滿臉漠然扭過頭來，整整齊齊地看著他，然後撲上去把人按著揍了一頓。

歡聲笑語是別人的快樂，另一邊的沉默是今晚的康橋。

陳妄躺在地上從遠方的張曼玉沉默到了蔡明。

半晌，陳妄坐起身來，單手撐著操場地面，視線凝在手機螢幕上，不動。

他滑著螢幕往上拉，看了之前的對話內容一眼，又結合語境，得出了一個結論：打錯字了。

所以她是想說的是現金吧。

陳妄笑了一聲，垂眸，懶洋洋點開對話框，挑著眉，慢悠悠地打字。

孟嬰寧此時此刻十分絕望。

她二十幾年順風順水，沒遇到過什麼大的坎坷，原本以為此生唯一一劫是七歲那年遇到陳妄。當時萬萬沒想到還有一劫在十年後等著她。

真的是自從上週末碰見他，她從頭到腳每一根頭髮都寫滿了尷尬和倒楣。

空蕩蕩的編輯部辦公室裡，孟嬰寧看著自己打出去的那一行字，陷入深深的恐慌。

那能獻精嗎？

能嗎？

最恐怖的是簡訊還沒辦法撤回。

這東西即將被永遠的留下來，萬古不朽，百年流芳。

孟嬰寧像是被燙到一樣飛速把手機丟到一旁，整個人撲在桌子上，隨手拽了個資料夾往腦袋上一蓋，頭一埋，發出一聲長長的、低低的嗚咽。

被資料夾擋住的整張臉，從脖子到腦門紅了個澈澈底底。

羞恥歸羞恥，簡訊也不能就這麼晾著，她抬手抓掉資料夾，慢吞吞地重新拿起手機，絞盡腦汁地思考這絕望的現狀要怎麼才能圓回來。

怎麼想好像都只能老老實實地說自己打錯了。

孟嬰寧咬著嘴唇，這次學乖了，也不打拚音簡寫了，小心翼翼地一個字一個字地敲：『我剛剛打錯——』

正打到一半，手機突然「嗡嗡」兩聲，孟嬰寧一哆嗦，差點又發送了。

她趕緊停下動作，目光上移，陳妄回了四個字。

——『那要加錢。』

「……」

這是什麼人啊。

隔著螢幕，孟嬰寧都能感受到陳妄打出這句話時的不正經。

這個人果然是狗改不了吃屎。

無論多少年過去了也還是那個德行。

孟嬰寧不想回他了。

快樂星期五的早上，編輯部依然一片雞飛狗跳雞犬不寧，絲毫沒有工作日最後一天的平靜祥和。

孟嬰寧一大早就到了，一臉萎靡去茶水間泡了杯黑咖啡，又從小冰箱裡拽了包零食，回到座位上翻出早上在地鐵站旁邊便利商店買的三明治，嘩啦啦撕開包裝袋開始啃。

啃到一半想起來，又放下早餐起身，夢遊似的把昨天晚上弄好的照片和資料專訪稿放到會議室桌上，夢遊似的飄蕩回來。

坐她旁邊的白簡看了她一眼，端著咖啡杯滑過來，仔細端詳著她的黑眼圈：「妳昨天晚上歌舞昇平去了？」

孟嬰寧咬了口三明治，聲音含糊道：「沒睡好。」

「累了吧，妳來的時間短，習慣就好，」白簡很懂，拍了拍她的肩膀，「每個月總有兩個禮拜是這樣的，等發售日過了能過上幾天混吃等死的清閒日子。」

孟嬰寧吃著三明治，不好意思說自己沒睡好是因為做了一個晚上的噩夢，夢見的全是亂七八糟的事情。

女孩雙手捧著早餐默默地啃的樣子看起來像隻小倉鼠，又安靜又乖。

白簡忍不住摸一下她的腦袋：「我們公司算是好的了，現在紙媒這麼蕭條，我們這行——對家《VECO》裁員都快裁空半層樓了，兩個子刊直接『喀嚓』就砍了，相比之下，我們！」白簡感動道，「我們是多麼的幸福，我沒想到有一天我竟然會覺得有個奮鬥的目標——加班是這麼踏實的事，我真愛工作，工作真好。妳說是不是，小孟？」

孟嬰寧頓了頓，放下三明治，非常上道的配合她拍馬屁：「我也是第一次發現，能加班到禿頭是如此幸福的一件事，我現在能理解姜部長了，為《SINGO》禿頂是值得的。」

市場部姜部長，今年三十有四，髮際線已經快到腦袋頂上了，並且看起來還有向後腦勺逼近的趨勢。

「……」白簡轉過頭，眼裡飽滿的情緒戛然而止，猶豫了：「那還是不行，找另一半的時候男方會在意髮際線嗎？」

孟嬰寧眼睛一彎，聲音又甜又愉悅：「您找個程式師，他們不敢在意髮際線的。」

白簡覺得是這麼回事，點點頭，又問：「陸語嫣那事妳推了沒？」

「還沒。」

「到時候該道歉就道歉、該裝孫子就裝孫子，嘴甜一點，」白簡四下看了一圈，壓低聲道，「知道前主編為什麼好幾個一線大咖不要卻還她嗎？人家有背景的，母家經商，大伯是個部隊裡什麼長，挺大一個官。」

孟嬰寧眨眨眼，「哦」了一聲。

兩人結束了繁忙一天的晨間閒聊，轉椅一滑，各幹各的去了。

孟嬰寧手頭上只剩下陸語嫣的那個封面，主要是談好的封面又推了，孟嬰寧覺得這事辦的不地道。

糾結了一週，最後覺得最好還是走一趟。

約的時間在下午，陸語嫣在市郊一個影視城拍戲，坐車過去兩個小時，上午一開完會午休，孟嬰寧連飯都來不及吃就往那邊趕。

在車上時腦子裡完整過了一遍等一下話要怎麼說。

孟嬰寧向來不太擅長拒絕別人，國中時，春心萌動懵懵懂懂的歲數，小女孩皮膚白嫩剔透，五官漂亮，看著人的時候杏子眼一彎，梨窩深深，又甜又乖，把同年齡的小男孩都瞅得一愣一愣的。

第二天就偷偷摸摸往她抽屜裡塞巧克力。

那時喜歡她的人很多，真正敢告白的其實沒幾個，大家都覺得早戀是特別羞恥的事情，被同學知道了要被嘲笑的。

可能還會被找家長，到時候要面對的就會是一頓胖揍。

但，真正的勇士敢於面對同學的嘲笑，愛美人不惜命。

某天放學，孟嬰寧被國中部高年級的一個小男生堵在學校門口小樹林旁，男生看起來大概也是他們年級裡有頭有臉的人物，校服外套綁在腰上，很跩地仰著腦袋看著她，臉上寫滿了我是扛把子我最強：「孟嬰寧，妳喜不喜歡我？」

孟嬰寧在陳妄的統治陰影下苟活了這麼多年，膽子比幾年前大太多了，看著他就像看著隻三花貓崽子炸毛。

要帥是真的差，跟陳妄比起來兇殘程度根本不是同一個等級。

小女生脆生生道：「不喜歡。」

扛把子沒聽見似的，語氣很霸道：「我喜歡妳，妳跟我交往？」

人家一表明心意，孟嬰寧就愣住了，張了張嘴，想拒絕，又不知道怎麼開口，有點難為情。

她垂著腦袋苦惱的想了幾秒，下定決心以後再抬頭，扛把子在她面前騰空而起。

穿著高中部校服的少年揪著他的衣領子把人拎起來，往後兩步，跟孟嬰寧拉開距離。

扛把子嗷嗷叫喚著蹬腿：「我靠誰啊，別拉我！放手！給我放手！你他媽誰啊！」

陳妄拎著他轉身，邊走邊笑了一聲，眼神冷戾，毫無情緒道：「我他媽是你老子，還交往？你想跟誰？來，我跟你交往交往。」

孟嬰寧看著他滿臉冷酷地拎著扛把子越走越遠，最終消失在小樹林的盡頭。

陸之州走過來，拍一下她的腦袋：「嚇著了？」

孟嬰寧扭過頭來，歡樂地跟他告狀：「陳妄罵人！」

「他還早戀！他要跟人家交往！」

「他跟男生交往！他這樣回去陳叔叔會罵他嗎？」小女孩仰著腦袋，欣喜又期待地問，「會不會揍他一頓？」

陸之州：「……」

那時候孟嬰寧跟陳妄關係特別差，現在想想，幼稚得不敢看。

到影視城的時候已經是下午，裡面沒工作證不准進，孟嬰寧在門口站著等了一陣子，走到旁邊樹蔭下，抬手抹了一把鼻尖上的汗珠，翻出手機打電話給陸語嫣的經紀人。

六月盛夏，下午兩點的陽光烤得柏油路面焦灼幾近融化，油亮亮的一片，一腳踩上去觸感黏稠，再一抬，鞋底和路面分離，輕輕的一聲響。

孟嬰寧把手機舉到耳邊，垂著頭，在樹蔭下來來回回踩著掉下來的樹葉玩。

那頭半天沒人接，她垂手看了手機螢幕一眼，想著再打一遍。

一抬頭，看見影視城門口另一邊停著一輛車。

黑色SUV，車牌很眼熟，並且數字非常好記。

陳妄的車。

孟嬰寧記性好，那天晚上在酒吧門口上車前掃過車牌號碼一眼，腦子裡還有印象，沒想到會在這裡看到。

孟嬰寧有些猶豫要不要過去，順便直接把錢還了。

剛走出兩步，影視城門口出來一個人。

陸語嫣穿了件白裙子，大波浪長髮披散著，熱風滾過，長髮和裙擺跟著揚起淺淺的弧度，看起來很仙女。

她站在門口看了一圈，然後眼睛亮了亮，展顏一笑，朝著黑色ＳＵＶ跑過去。

跑到駕駛座車窗前，笑得跟朵嬌花似的湊過去說了幾句話，又小步繞過車頭跑到副駕駛座，拉開車門坐了進去。

等她上去關好車門，黑色ＳＵＶ熟練地掉了個頭，緩緩靠近過來，然後在孟嬰寧面前飛馳而過。

順便還囂張地噴了她一臉廢氣。

陽光見縫插針地從枝葉繁茂的樹葉縫隙細細縷縷漏下來，孟嬰寧咳了一聲，抬手在鼻尖搧了兩下，往後稍退幾步。

汽油味散盡，新鮮空氣重新竄進鼻腔。

關於陳妄為什麼會出現在這裡，他跟陸語嫣為什麼會認識這件事，孟嬰寧其實沒考慮過。

陳妄和陸之州剛回來時陸之桓就找她說過，兩個老光棍，問一下，誰都沒有談戀愛的打算，他這個做弟弟的愁到不行。

但沒說過陳妄沒有女性朋友。

接個朋友搭個車也沒什麼，算算看陳妄今年都二十八了，就算真的有什麼，好像也是再正常不過的事情。

有什麼好在意的。

而且跟她又有什麼關係？

她比較在意的是，本來已經約好了下午和她見面，人卻走了，甚至都沒提前打個招呼說一聲，這算什麼？

鴿子是這麼放的嗎？

孟嬰寧看著黑色SUV的車屁股在視野裡漸漸消失，抓了一把被汗水洇濕的額髮。

她垂頭，點開陸語嫣經紀人的對話框傳了訊息過去：『您好，我現在到影視城門口了。』

對方沒回覆。

等了五分鐘，一個陌生號碼打電話過來，孟嬰寧接起。

『您好，孟小姐嗎？』女孩子的聲音小心翼翼的，讓人有點意外，『我是語嫣姐的生活助理。』

生活助理。

孟嬰寧沒反應過來，「啊？」了一聲。

那邊，陸語嫣的助理聲音充滿歉意：『不好意思啊，孟小姐，語嫣姐那邊臨時有點事情要辦，今天下午沒什麼時間，所以您看我們這邊能不能改天？』

孟嬰寧：「……」

孟嬰寧抬手，看了看時間，兩點四十五：「我已經在影視城門口了。」

小助理語氣為難：『讓您白跑一趟了，實在不好意思，我們另外約一下吧，我們這邊是下週四晚上有幾個小時的空檔，您看看您這個時間方不方便？』

這小助理人挺好的，說話也委婉又客氣，但翻譯一下還是那個意思——我們大明星忙得很，只有下週四晚上有時間，允許妳前來參見，還不趕快領旨謝恩。

孟嬰寧嘆了口氣，她站得有點累，乾脆坐在樹下花壇瓷磚上，盯著腳尖平靜道：「不用了，其實也不是什麼大事，本來電話說也可以，我覺得不太好才想著當面說可能會方便一些。」

「不過既然陸小姐沒時間就算了，主要是之前談的那個關於雜誌封面拍攝的試鏡結果出來了，我們這邊覺得陸小姐的氣質和這期的雜誌主題不太相符，所以雖然很遺憾，最終還是決定取消合作。」

這次輪到小生活助理沒反應過來了：『啊？』

「那就這樣，麻煩您轉達一下，」頓了頓，孟嬰寧真誠地補充，「祝您工作生活愉快。」

掛了電話以後，她慢吞吞地站起來，看著樹蔭以外彷彿能把人烤到融化的大太陽，有點煩惱。

肚子適時咕嚕一聲。

她之前跟陸語嫣約了兩點半見面，雜誌社到影視城車程又遠，飯都沒吃，生怕會遲到。

憑藉著早上那杯咖啡和三明治扛到現在，這時餓得前胸貼後背。

結果還被人放鴿子，當面喜笑顏開地跟別人走了，順便噴了她一腦袋廢氣。

而這個別人，還他媽是陳妄。

孟嬰寧眨兩下眼睛，撐著花壇滾燙的瓷磚站起來，鼓起勇氣邁出舒適圈，堅定地走到大太陽下，往車站的方向走去。

熱烈日光烤乾了空氣中最後一點水分。

空氣好像都扭曲了。

空蕩蕩的胃嘰哩咕嚕的叫。

連續加班加點工作到週五的疲憊、炎熱以及饑餓疊加，蒸得人大腦有點缺氧的感覺，迷迷糊糊的。

路上沒見到計程車，而車站還在遙遠的前方。

白跑一趟。

孟嬰寧也是挺挺嬌氣的，從小被寵著長大，工作又沒多久，社會閱歷也淺，什麼時候受過這樣的苦。

她抬手揉一下眼睛，委屈地癟癟嘴，悶著頭往前走。

沒走多久，手機又響了。

孟嬰寧無聲吸了吸鼻子，連來電顯示都沒看，直接接起來，聲音有氣無力的：「喂？」

『孟小姐嗎，您好，我是陸語嫣，剛剛我的助理打電話給我說合作取消了？請問是有什麼誤會嗎？』

陸語嫣的聲音倒是中氣十足，有精神得很。

肯定有精神，人家正坐在ＳＵＶ裡頭吹著冷氣呢。

孟嬰寧還沒開口，她又趕緊道：『今天是臨時有事，我這段時間工作排的確實挺緊的，真的特別忙，我聽助理說妳已經在影視城門口啦？要不然我們現在過去接妳吧？』

還我們。

孟嬰寧覺得這個人還挺有意思的，這知道自己被踹前後態度差了十萬八千里。

合約還沒簽就覺得封面穩了，約好了兩點半見面結果兩點四十才來約改天，還是在她這邊主動聯絡兩次被無視以後派了個小生活助理過來通知的，一上來就是我們下禮拜四有時間，妳能不能配合。

是什麼給了妳自信的資本，是因為妳有背景嗎？

孟嬰寧本來是懷著無限歉意來的，甚至做好了點頭哈腰跟陸語嫣道歉的準備，這時理智被某種不知名的火氣支配，愧疚被擠壓到幾乎沒有。

她深吸一口氣，強打起精神，心平氣和道：「臨時有事這個也都能理解的，您不用來接我了，也不是什麼重要的事情，在電話裡說也可以。」

「是這樣的，陸小姐，我跟您的生活助理也說了，上次試鏡以後我們本來是非常期待和您的合作的，但是我們這邊臨時換了下期雜誌主題，覺得您自身氣質和新主題不太相符，所以這次很遺憾。」

陸語嫣忙道：『可之前你們主編明明說我氣質挺符合的，當時不也是他親自來說定下了嗎？』

孟嬰寧用盡最後一點教養才克制著自己沒打斷她說話。

聽完，她笑瞇瞇道：「您是說任主編嗎？他上個月已經被辭了，我們現在的主編姓郁。」

陸語嫣沉默三秒，聲音拔高：『什麼叫被辭了——被辭了定下來的人選就可以說換就換嗎？之前都說了我合適！怎麼突然就不行了？我長得不好看嗎？』

「合約沒簽的話，一切都是未知數呢陸小姐，每一個主編選人的角度都不同，」孟嬰寧耐心道，「不是說您不合適，您長得也挺美的。」

她是真挺不擅長幹這種事的，所以雖然不太喜歡陸語嫣，但也覺得確實對不起她。

陸語嫣那邊依然覺得不能接受，嗓門一聲比一聲高，孟嬰寧一邊絞盡腦汁拍著馬屁誇她好看一邊委婉拒絕，到最後這女的還在胡攪蠻纏。

孟嬰寧也煩了，深吸口氣強壓著不耐煩：「有緣的話還是期待以後能有別的合作機會的，您不是挺忙的嗎，我就不打擾了，再見。」

再您媽的見！

孟嬰寧啪嘰把電話掛了，這個天氣說這麼多話，還要斟酌著字句客客套套的，簡直是種折磨，嗓子都要冒煙。

講電話的功夫她已經快走到車站了，這一帶在開發區，周圍都是工地和拆遷的平房，沒什麼人，很荒涼，孟嬰寧記得來的時候在車站前面左手邊看見過一個疑似釘子戶的小平房，好像是個雜貨店。

她又往前走了一段，看見那個立在路邊破破爛爛的紅色塑膠牌子。

上面大大的黃色字——有緣千里來相會。

角落很小的三個小字——雜貨店。

牌子後面停著一輛車，黑的，SUV。

車主人此時正懶散倚靠著車頭站在那，嘴裡咬著根菸，手裡捏著打火機，頭略低，火苗湊上去，點著。

一抬頭，兩人視線正好撞在一起。

陳妄略一揚眉。

女孩今天穿了件鵝黃色無袖連衣裙，丸子頭，身上露在外面的皮膚被陽光曬得發紅。

像一隻被烤得無精打采的小雞崽子，翅膀都撲騰不起來了。

慘兮兮的。

孟嬰寧現在看見他就來氣。

憋了一肚子委屈和火氣，影視城門口時陳妄走得乾脆，她也不會湊上去主動跟他說話。

她移開視線，目不斜視走過去準備進去買水，順便看看有什麼吃的。

走到一半頓了頓，略一想，還是折回來了。

欠債還錢天經地義，早還早解脫。

她走過去，垂著頭打開包包，從裡面掏出皮夾，抽出二百來，抿著唇遞給他：「還給你。」

女孩站在他面前，陳妄垂眸，看見她細細軟軟的髮絲濡濕黏在額角，挺翹的鼻尖上掛著汗珠，白嫩的臉蛋一片緋色。

聲音有氣無力，唇色有些蒼白。

陳妄把剛點著的菸滅了，站直了身，身體略往太陽來的方向偏了偏，高大的身影將她攏進陰影裡。

男人垂眸，瞥了她手裡捏著的兩張鈔票一眼，沒接：「不是說了，要加錢。」

他微俯著身打量著她，瞇一下眼，似笑非笑道：「怎麼，想吃白食啊？」

孟嬰寧：「……」

本來努力想忘了的事，他非要來提醒一聲讓她回憶起當時有多麼的羞恥。

初見面時，孟嬰寧覺得男人的變化太大，陌生到讓她有點小心翼翼，不敢接近。

現在看來陳妄還是那個陳妄。

他還是那個討厭的臭流氓！

只有你會耍流氓嗎！

孟嬰寧被他撩撥得一張小臉紅了個透，憋了一下午的火實在憋不住了，惱羞成怒後退一步，漂亮的杏眼毫無殺傷力的瞪著他。

陳妄好整以暇，像以前一樣，準備好看她炸毛。

結果女孩非但沒炸毛，反而深吸一口氣平靜了，一邊垂頭打開包，翻出皮夾。

陳妄垂眼，看著她動作慢吞吞地從皮夾裡抽出一疊一百，一張一張地數，數了六張。

然後連著剛剛那二百也放在一起，八張折了一折，往前湊了兩步。

香香甜甜的味道跟著靠近。

陳妄今天穿了件黑襯衫，領口兩個釦子沒扣，脖頸的線條蜿蜒著隱進衣領，再往下結實的胸肌輪廓隱約可見。

孟嬰寧眼觀鼻鼻觀心，不往上看，細白的指頭捏著他胸前的口袋，往前拉了拉，把八百塊錢塞進去。

——青春荒唐我不負你，全套包夜八百元起。

男人的體溫彷彿比盛夏的溫度還要高，指尖能夠隔著襯衫布料感受到包裹在下面的肌肉，灼熱、滾燙。

孟嬰寧耳根子一紅，微垂了垂眼，佯裝鎮定，小小的手緩慢地貼合在他胸前的口袋上。

陳妄一頓，肩線連著背肌無意識繃了繃。

孟嬰寧另一隻手指尖虛虛搭在他的肩膀上，墊著腳湊近，柔軟清甜的聲音帶著吐息刮蹭著他的耳膜，有些輕佻：「全套八百夠嗎？不夠姐姐再幫你加錢。」

孟嬰寧這小丫頭從小就是這樣。

性格看起來軟綿綿跟誰都好說話，其實又倔又拗，脾氣大得很，平時都憋著，一個人委屈地在角落裡縮著。

有的時候憋不住真的發起火來，那就是天王老子來了都不管了。

陸之州說她這是兔子急了還咬人。

而曾經揪揪呆毛就嚇得抱著石板床哭，說兩句話就炸毛的小兔子此時一隻手掌心緊密地貼著他的胸膛，另一隻手攀住肩膀，臉頰湊到他臉側，吐息都是溫熱的。

柔軟的身體和他虛虛距離一點，裙子的布料隨著動作垂過來，熱風滾過，衣服和衣服輕微摩擦。

氣息、動作、聲音都帶著天然的清甜，像軟絨，勾著人。

這何止是咬人，這是剔骨。

陳妄垂著眸，目光落在她紅透的耳朵上，順著耳際到脖頸，臉頰的皮膚都是緋紅的，也不知是因為熱，還是別的原因。

陳妄盯住，忽然笑了一聲。

他很少笑，更別說笑出聲來的那種，一般都是一臉冷酷渾身上下都充滿了「惹老子就把妳腦門開個洞」的兇殘氣場。

這時離著咫尺的距離，男人在她頭頂上低聲一笑，嗓子裡溢出來的聲音，低緩微啞，帶著沉沉的力度，震得孟嬰寧耳根發麻，整個人縮了一下，下意識就想後撤。

孟嬰寧一咬牙，硬是忍著沒動。

第一次耍流氓，姿勢、臺詞、手段全都是從電視、電影和言情小說裡學來的，孟嬰寧也有點摸不準。

這樣到底行不行？

難道不行？

他怎麼一點反應都沒有，不僅沒有，還笑了，是挺高興的意思？

她這邊正苦惱著，陳妄忽然又在她耳邊低道：「怎麼跑到這裡來了？」

話題轉移得毫無預兆，孟嬰寧還停留在跟他互相耍流氓暗自較勁的頻道裡沒回神，扭過頭來循著聲源仰起腦袋。

頭一揚，就正對上那張無比清晰的，正面放大的臉。

陳妟一動也不動垂眸看著她，他的眼窩很深，小的時候額髮一垂，眼睛全隱匿在陰影裡，現在換了髮型，整張稜角分明的臉清清楚楚地露出來，看起來更加凌厲。

他冷著臉沉默看人的時候整個人透著股軍人的肅整冷冽，然而這時又帶上了點漫不經心的痞氣，孟嬰寧終於找回些許男人少年時期的熟悉樣子。

她回過神，瞬間跳開後退兩步，手背到身後，又覺得有點刻意，重新縮回來，抓著包包。

她垂頭，撇了一下嘴，聲音低低的：「關你什麼事。」

陳妟沒說話，忽然繞過車頭走到駕駛座拉開車門，從車裡抽了瓶礦泉水出來，走回來遞給她：「潤一潤。」

孟嬰寧才不接，倔強道：「我自己買。」

她這傲嬌的模樣陳妟太熟悉了，表情有不易察覺的無奈：「妳鬧什麼脾氣？」

「……」

聽聽，這說的是人話嗎？

這是什麼愚蠢的直男發言？

孟嬰寧的火一股一股往上竄：「誰鬧脾氣了。」

陳妄瞇眼看著她：「這個天氣，妳從影視城門口一路走過來的？」

這問題不問還好。

孟嬰寧磨了一下牙，抬起頭來：「你也知道我是從影視城門口走來的？我以為你沒看見我呢。」

陳妄愣了愣，反應過來她是為什麼生氣，緩慢勾唇：「看見了。」

他重複道：「看見了，我以為妳是去拍戲。」

「我拍個屁的戲！」孟嬰寧覺得他這理由找得真的爛，她氣到眼前發黑，髒話都蹦出來了，「我又不是明星！你以為人人都是有背景的大明星呢？出了影視城就有人來接。」

她這意有所指挺明顯。

陳妄沒說話。

大太陽毫不留情的烤著地面，孟嬰寧儘管藏在陳妄的陰影裡站著，眼前依然開始冒金星，視野裡出現的事物都跟著搖搖晃晃地轉了兩圈，然後亮度被一寸一寸拉暗。

完了。

她閉了閉眼，又睜開，黑漆漆一片，耳朵裡像被人塞了個大功率引擎似的嗡嗡地響，陳妄又說了什麼話。

她迷迷糊糊能感覺到自己手腳發軟，胸口有沉悶的噁心反胃的感覺，整個人正一點一點地往下倒。

搖搖晃晃地倒下去的一瞬間，孟嬰寧腦子裡竄過的唯一一句話是——要在比克大魔王面前摔個狗吃屎，好丟臉。

陸語嫣要被氣瘋了。

原本說好的工作，大雜誌的封面人物，往常都是跟準一線明星簽約的，每年每個月的人選年初就定下了，還是因為她媽媽那邊在圈子裡有點人脈，和這個主編關係也不錯，才能臨時把她塞進去的。

結果說推就推了。

一問，那主編被辭了，新主編嫌她形象氣質不符。

她哪裡長得不好看？

陸語嫣站在雜貨店裡，看著鏡子裡的女人，細腰、長腿、漂亮的臉蛋，她在娛樂圈裡的人設是與世無爭清純仙女，今天一身白紗裙襯得她更白了些，仙女氣質格外突出。

雜貨店破舊，陸語嫣含著金湯匙長大，這種破地方她本來看都不會看一眼，但是現在她急需打個電話問清楚，怕克制不住脾氣，又不想讓陳妄看見她不好的一面。

於是一路過這，她就趕緊讓陳妄停車，鑽進去打電話。

結果雜誌社那邊找過來的小女生簡直太氣人了。

說話不緊不慢的，聽起來句句都挺有禮貌，卻變著花樣說她氣質不行，咖位不夠，最後還掛她電話。

陸語嫣瞪著手機愣然三秒，又打了通電話過去給經紀人。

兩通電話打完，她對著鏡子調整一下表情，在雜貨店老奶奶瑟縮又驚恐的眼神中微笑著走了出去。

結果剛推開吱吱呀呀的破舊木門，陸語嫣甜美的表情在臉上凝固住了。

門口一片空蕩蕩的空地，黃土混著沙石，哪裡還有什麼黑色ＳＵＶ的影子。

陳妄走了。

她打兩個電話的功夫，陳妄竟然走了？

他去哪了？

陸語嫣難以置信地瞪大眼睛。

她知道陳妄現在暫時還不喜歡她，這男人冷心冷情，像鐵做的，陸語嫣想不到他會喜歡誰，也想像不出他喜歡一個人的時候是什麼模樣。

但是男人嘛。

她家世、身材、臉蛋什麼都不缺，還是個女明星。

男人說或不說，不也都是一樣的，像女明星這種，能讓他們更有征服欲和成就感。

更何況她還近水樓臺先得月，陳妄以前歸她大伯管，就算是現在說話他多少也會聽一點。

就像今天，她特地撒嬌賣乖地討好大伯要讓陳妄來接，他果然來了。

陸語嫣沒想到他竟然會走。

她立刻捏著手機打電話給陳妄，等了半天，沒接。

陸語嫣不死心，又打了一遍。

響了不知道多少聲，那邊終於接起來了，沉沉『喂』了一聲。

「陳妄！」陸語嫣調整一下心態，柔聲道，「我剛剛才出來，你怎麼走了啊，你去哪啦？」

『嗯，』男人答得簡潔又敷衍，『臨時有事。』

「什麼事這麼重要啊，」陸語嫣還想撩一撩他，曖昧地說，「來接我不是你現在最重要的事情嗎？」

『不是，』陳妄冷漠地說，有些心不在焉，『妳打電話給陸之州吧，他在附近。』

陸語嫣：「……」

接。」

陸語嫣被這麼乾脆的拒絕，覺得非常沒面子，有些難堪，小姐脾氣也上來了：「我不用他

電話裡，男人低沉的聲音帶著明顯的不耐煩：『那妳自己回去吧。』

「我自己回去？我怎麼自己回去！我是明星！這麼熱的天，你難道讓我坐公車？」陸語嫣說，「我今天誰也不用，我就要你來，你不來接我我就一直在這裡等著。」

她就不信了。

陳妄：『關他媽老子屁事。』

陳妄把電話掛了。

第三章　陳妄哥哥

孟嬰寧醒過來的時候人在車裡。

身下是柔軟舒適的車座椅，還有溫度適宜的空調，耳邊是汽車高速行駛的聲音。以及男人一句冰冷低沉充滿不耐煩和心不在焉帶著明顯暴躁情緒的髒話。

孟嬰寧：「……」

怎麼還罵人呢。

孟嬰寧睜開眼，入眼是深灰色的車頂。

她撐著座椅直起身來，側頭往前看過去。陳妄剛好掛了電話，手機隨手扔在副駕駛座上，注意到後頭的動靜，轉過頭來。

女孩橫躺在後面，手臂支撐起上半身，歪著腦袋看著他，臉色、唇色都泛著病態的蒼白，烏溜溜的大眼睛眨了一下，睫毛又長又密地撲閃。

陳妄一頓，表情淡下來，空出手來抽了瓶水擰開遞過去：「好點了？」

孟嬰寧接過來，慢吞吞地，很小聲道了句謝。

她其實比較想躺回去裝死。

實在太丟人了，本來想裝個帥、耍個流氓，還沒耍完，裝到一半，人就倒到地上了。

孟嬰寧抬手摸了摸鼻子，捏捏鼻尖，又揉了揉臉。

沒什麼痛感。

看來是沒摔成狗吃屎？

她身體上的小毛病自己挺清楚的，本來就有點低血糖，又特別怕熱，盛夏對於她來說簡直是地獄級難度副本，再加上這次在大太陽底下暴曬太久，還始終沒吃東西。

這時恢復大半，還是覺得頭暈和噁心。

她低垂著眼睫無精打采地喝水。

陳妄從後視鏡瞥了她一眼：「還行嗎？」

孟嬰寧點點頭，小聲說了句什麼。

陳妄身子往後靠了靠：「嗯？」

女孩捧著塑膠水瓶抬起頭來，又別開眼，看起來有點不好意思：「我餓了……」

「……」

陳妄唇角略勾起一瞬間：「想吃什麼？」

「都可以，」孟嬰寧想了想說，「想吃點湯湯水水的，胃不舒服。」

「曬一下太陽就這樣，」陳妄的視線從後視鏡移開，淡聲，「嬌氣。」

孟嬰寧不太服氣，辯解道：「我是因為中午沒吃飯，我平時身體挺好的，還定期去健身房呢。」

「健身房有個屁用。」

「健身房裡好多帥哥，身材都很好。」

「就那奶油填充的肌肉。」

「你能打十個，」孟嬰寧接話道，她靠著車門坐，兩隻爪子舉起來毫無誠意地拍了兩下，甜甜地說，「你最棒了。」

看起來十分虛偽。

「……」

陳妄沉默幾秒，「嘖」了一聲，沒再說話。

車內一時間安靜下來，孟嬰寧先是翻出手機跟李歡彙報一下工作結果，順便請了下午的假，聊完以後頭靠車窗玻璃閉上眼，努力壓住胃裡那股不斷翻湧的噁心和眩暈感。

身體正難受著，也沒了再躲著他或者和他對波出拳的精力，甚至連尷尬和覺得丟臉的閒心都沒有了。

反正也不能更丟臉了，孟嬰寧破罐子破摔乾脆自暴自棄了。

這一戰，是她敗了。

真正的勇士不能貪圖一時的勝利，最好的做法是養精蓄銳爭取下次再戰。

也因為如此，剛剛跟陳妄進行了他們相識多年至今，從各個方面來講都最心平氣和的、和諧友好的一段對話。

身體不適的嬌氣孟小姐要求頗高，要吃湯湯水水的，陳妄離開帝都多年，說起湯湯水水又暖胃的東西，他唯一能想到的就是以前大院旁邊的一家破舊小籠包店的生滾粥。

算起來孟嬰寧自從搬了家也有幾年沒回來過這邊了，車子駛進宜賓大道停在巷子口，孟嬰寧托著下巴看著窗外熟悉的景象，有些懷念。

紅磚砌的老牆，牆面爬牆虎生命力旺盛，生長軌跡魔幻，角落脫落的黴斑藏進野草堆，旁邊立著輛生了鏽的老式自行車。

石板路正中央，一隻胖得流油的橘貓囂張地穿街而行，邁著貓步走到牆邊，旁邊陰影裡趴著一隻吐著舌頭被熱得奄奄一息的土狗。

一切好像都沒變過。

那家小籠包店還開著，幾坪大的小平房，裡面四張桌子，門口褪了色的牌匾上五個歪七扭八的楷體手寫字——福記小籠包。

孟嬰寧記得，少女時代的自己第一次來這家店的時候，還嫌棄過店名取得土。

不過在今天見識到有緣千里來相會雜貨店以後，孟嬰寧突然覺得福記小籠包這個店名真是好聽極了，平淡中透出一絲令人幸福的味道。

果然人還是要多見見世面。

孟嬰寧的腳步不易察覺的加快了不少，把陳妄甩在後頭，率先進了店裡。

等陳妄進來，她已經對著牆上的小黑板熟練點菜了：「一籠蟹黃的，一籠小龍蝦的，兩籠乾腸的，再要一份生滾豬肝粥——」

她扭頭：「你要什麼粥？」

陳妄在她對面坐下：「一樣的吧。」

「兩碗生滾豬肝粥！」孟嬰寧指尖輕輕敲了桌角一下。

下午四點多，還不到飯點，店裡只有他們一桌，包子和粥來得很快。

孟嬰寧覺得自己從來沒這麼餓過，喝了半碗生滾豬肝粥，吃掉大半籠乾腸小籠包的時候，才察覺哪裡不太對勁。

好像少個人？

孟嬰寧嘴裡咬著包子抬眼，腮幫子一鼓一鼓的，聲音含糊：「裡呂盆友惹？」

……說什麼東西？

陳妄往椅子裡靠了靠：「好好說話。」

孟嬰寧把小籠包嚼呀嚼吞了，又喝了口水，漫不經心：「你女朋友呢？」

陳妄答得挺狂的：「哪一個？」

孟嬰寧笑瞇瞇地看著他：「就是你特地去影視城門口接的那一個，大明星。」

這事還真的不知道該從何說起。

陳妄被叫過去的時候，只說讓他接個人，也沒說是誰，反正他現在一個閒人，也就去了。

結果到那裡才知道是陸語嫣，他自己是覺得也無所謂，來都來了，把人送回去就完事了。車上她幾次三番話說得露骨又明顯，既能嘮叨事情還多，陳妄話都懶得回。

但倒是也沒想過故意把她扔在那。

他是真的很單純的，忘了有她這個人的存在。

當時孟嬰寧正說著話，眼看就要炸毛了，忽然眼睛一閉，二話不說搖搖晃晃一頭往他懷裡倒，陳妄都沒反應過來，以為這丫頭要展開第二波攻勢了。

直到陸語嫣的電話打過來，陳妄才想起來。

啊。

還有這麼個人？

你媽的忘了。

這話陳妄懶得跟孟嬰寧解釋，也沒必要，他重新捏起筷子夾了個小龍蝦包子，在醋裡滾了一圈，漫不經心道：「不認識，拚車的。」

「……」

您這敷衍的還真的是十分的不明顯啊。

孟嬰寧悄悄地翻了個白眼，懶得再理他，垂頭捏起筷子，把豬肝粥裡的蔥花夾了夾全挑出去。

挑完蔥花，又挑青菜。

剛夾了根小青菜葉出來，正準備丟到空盤子裡，筷子尖卻被另一雙筷子穩穩夾住，動都動不了。

孟嬰寧晃了晃筷子。

陳妄不鬆手。

兩雙筷子就這麼糾纏在一起，中間夾著根菜葉子，互不相讓在暗地裡爭奪了起來。

一分鐘後，筷子被壓制得死死的孟嬰寧抬起頭來：「？」

陳妄下巴一揚：「吃了。」

女孩歪了下頭，聲音軟糯糯地：「你能不能別管這麼寬呢，開你的車賺你的外快不好嗎？」

陳妄：「……我真的以為妳當時是去工作的。」

孟嬰寧點點頭：「我確實是去工作的。」

只不過被放了鴿子而已。

「我以為妳去拍電影，」陳妄強耐著性子說，「妳不是網紅嗎？」

「……」

孟嬰寧的思緒出現三秒鐘空白，而三秒後腦海裡閃過的第一個問題不是「為什麼你會知道我是個網紅」，而是——

「你一個連手機支付都沒有落後到侏羅紀的人竟然會知道網紅？」孟嬰寧覺得匪夷所思，「又是什麼給你的錯覺讓你覺得網紅都會去拍電影？」

陳妄是一個脫離社會的人，沒感覺到網紅和明星兩者之間有什麼差別，他覺得都是同一回事，工作內容、幹的活應該也都差不多。

甚至連網紅這個詞他都是從陸之桓那現學的。

他也沒解釋，隨口道：「長得好看。」

孟嬰寧：「……」

真的是一個澈澈底底大寫的直男。

這一頓飯吃得孟嬰寧像遊戲裡回了趟重生泉水，血條、藍條都補滿了，出店門的時候重新活蹦亂跳起來。

夏天白天長，外面天還大亮著，孟嬰寧被餵飽了心情就會好，心情一好就連旁邊的大魔王此時看起來好像都稍微順眼了那麼一點。

小街巷子窄，不讓人停車，陳妄的車停在對面宜賓大道旁，兩人穿過小巷，過馬路的時候孟嬰寧的手機響了，林靜年打電話過來。

自從上次發出了驚世駭俗騙炮論以後，林靜年和孟嬰寧始終沒再聯絡，兩個人的工作都挺忙，唯一能用來煲個電話粥見個面的週末時間全用來加班了。

週五下了班，林靜年像隻撒了歡的母鴨子笑得嘎嘎嘎地約她出來喝酒。

孟嬰寧一邊聽她說話一邊垂頭往前走，忽然被人扯著手臂往後猛地一拉，下一秒，一輛轎車伴隨著喇叭聲從她面前飛馳而過。

陳妄捏著她的手腕拉到自己斜後方，擰著眉罵了句髒話，聲音很冷：「妳走路不看車的？」

電話那邊，原本還在嘎嘎的林靜年瞬間安靜了，她像一隻開始報警的警報器，語氣立馬警惕起來，化身為護著小雞崽子的老母雞：『誰在跟妳說話？是不是陳妄？妳跟他在一起？』

孟嬰寧現在算是怕了她的語出驚人和一涉及到陳妄就開始無限碎碎念的能力了，再也不敢讓陳妄這兩個字出現在她的世界裡，連忙道：「沒有沒有，」她靈光一現，故意說，「就是，一個拚車的。」

陳妄：「……」

林靜年很懷疑：『拚車的？』

陳妄聽不見電話那頭的人在說什麼，他扯著她過馬路，就聽見女孩一邊小跑著跟著他的腳步走，一邊一本正經眼都不眨一下地說：「對，我們一起拚車搭車到我家那邊，這樣車費可以平攤，比較便宜。」

陳妄嗤了聲。

「不會對我做什麼的，拚車能有什麼不安全的，特別安全，什麼樣的人？」

孟嬰寧看了陳妄一眼，然後面不改色道：「很老了，大概五、六十歲吧，拄個拐杖。」

「走兩步都喘，」孟嬰寧沉痛道，「身體是真的不行。」

陳妄：「……」

陳妄：？

林靜年也不是傻子，這麼扯淡的屁話再聽不出來就白活二十幾年了，沉默幾秒後冷漠地說：『孟嬰寧，妳再給老娘皮？』

孟嬰寧撇撇嘴，語調親昵，尾音軟軟的跟她連抱怨帶撒嬌：「阿年太嘮叨了，我都這麼大的人了，能有什麼事。」

陳妄被這語氣引得一頓，不動聲色瞥了她一眼，又重新轉過頭去，神情漠然拉開車門進去。

印象裡，孟嬰寧小時候也經常用這樣的語氣和陸之州說話。

在那一群小孩裡，她的年紀最小，那時候大院裡無論是大人還是小孩都寵著她。

小女孩好看得像洋娃娃，性格討喜嘴巴又甜，無論見到誰第一眼，話還沒說就大眼睛一彎，仰著張肉嘟嘟的小臉朝著你笑，說起話來能把人哄得歡喜到心尖上。

除了陳安。

大概是第一印象太過糟糕，孟嬰寧一見到他就跑，陳安走近一點她嚇得竄到陸之州身後躲著，好半天，從少年身後小心翼翼地探出一雙眼睛和小半張臉來，怯生生地瞅著他。

高大的少年敞著校服外套吊兒郎當站在那裡，居高臨下看著她，黑眸危險地瞇著，有點邪。

孟嬰寧嚇得一縮，又躲回陸之州身後。

少年無奈，側身把她拽出來，一邊溫聲安撫：「沒事，寧寧不害怕，陳安哥哥不嚇人，妳跟他問聲好，他買冰棒給妳吃。」

孟嬰寧才不要，拚命往後縮，小聲抽鼻子：「他嚇人，他是大魔王。」

陸之州：「寧寧不跟陳安哥哥說話就吃不到冰棒了。」

孟嬰寧死死抱著他的手臂不鬆手，小牙一咬：「寧寧不吃冰棒了。」

後來上國中長大了些，少女的膽子也變大了，雖然不躲著他但是關係依然糟糕，一群人聚在一起的時候還好，只要一獨處，必定是修羅場。

直到升學考完他畢業那天……

那頭，兩個女生皮了幾句，林靜年轉頭問起其他事：『陸之桓是不是快過生日了啊？』

「月底呢，妳竟然還記得啊，」孟嬰寧訝異道，「妳這只差把自己生日忘了的破爛記性。」

林靜年挺無語的：『我倒是想忘，這少爺去年生日剛過完就在為今年的提前預熱了，從三月份開始傳想要的生日禮物清單傳到現在，而且今年他哥回來了，這兄控更興奮了。』

說到這，林靜年才想起來：『陸之州現在是不是變得很帥。』

「陸之州嗎，不知道啊，我還沒見過他呢，」孟嬰寧想了想，「應該很帥，小時候長得就挺好看。」

孟嬰寧垂下頭，心道反正現在陳妄依然還挺好看的……

『就要見到了，唉，十年沒見了，我還挺怕的，見了面生分之類的怎麼辦，會不會尷尬啊，』林靜年惆悵地嘆了口氣，又說，『不過有陸之桓那個傢伙在，應該也不會冷場，妳給他的禮物準備了沒？我還沒準備，我送他什麼啊……』

「我也沒準備。」

陳妄隔著車窗玻璃看了背著身站在外頭打電話的人一眼，聲音很小：「應該很帥，小時候長得就挺好看。」

提到陸之州，女孩低下頭，眼睛盯著腳尖，耳根微紅。

她跟陸之州尤其好。

而他是大魔王，在她的生命裡扮演的從來都是反派形象。

反派就算了，現在還成了五十多歲拄著拐身體是真的不行的拚車老大爺。

陳妄氣笑了。

孟嬰寧那邊話說一半，就看見車窗緩慢降下來，一寸一寸從上往下露出男人冷硬的臉，有些不耐煩：「妳打個電話——」

孟嬰寧反應過來，飛快轉身撲過來，沒拿著電話的那隻手伸進車窗裡捂住他的嘴巴，瞪大眼睛看著他，搖了搖頭，示意他別說話。

女孩子的手柔軟細膩，手指指腹壓著唇角，掌心和唇瓣貼合，觸感溫熱。

陳妄一頓。

孟嬰寧怕他不高興又說話，捂著他的嘴巴沒鬆手，跟林靜年幾句話講完，掛了電話，垂手，鬆了口氣。

陳妄往車裡一靠，懶懶揚眉：「妳偷情呢？」

「我怕她又唸我，」孟嬰寧嘆了口氣，拉開後座車門上車，開始玩手機。

車子開出宜賓大道駛向高架橋，孟嬰寧放下手機，忽然扒著駕駛座椅背湊近，腦袋夾在中間的縫隙扭過頭來，叫了一聲：「陳妄。」

陳妄略一偏頭，目光還是看著前面的路，漫不經心應了一聲：「嗯？」

「陸之桓生日你去不去啊。」

「不去，沒時間。」

孟嬰寧面上一喜：「真的嗎？」

陳妄冷淡地瞥了她一眼。

孟嬰寧輕咳了聲，手指戳著嘴角往下拉了拉，笑容收斂一點，眨著眼認真地點了點頭：「那是不能去，工作重要。」

好虛偽的狐狸。

陳妄哼笑了聲，懶得理她。

陸之桓的生日在月底。

都說小兒子是被寵大的，陸之桓的存在簡直是對這句話最完美的詮釋。

陸少爺年方二十有五，每天還過著吃喝泡吧撩妹子的啃老生活，混吃等死混得十分理所當然。

陸之桓對自己的生日趴可以說是十二萬分的重視了，陸家出了幾代軍人，結果到了他父親這退伍經商做起了海運，家境本就頗為殷實，近幾年生意做得更是如日中天，少爺鋪張奢靡起來也更順手方便了。

然而再多的財富也擋不住這人身上的弱智氣息。

當天晚上，孟嬰寧就接到了陸之桓傳來的視訊聊天邀請。

一接起來第一句話：『狐狸，我其實並不想打這個視訊給妳，但是我感覺自己好像突然被一股神祕力量支配了。』

孟嬰寧：「……」

孟嬰寧把手機往桌子上一放，不緊不慢從小冰箱裡拿了片面膜出來，撕開來對著鏡子貼。

陸之桓對於這種程度的無視向來不受影響，繼續自說自話道：『所以這個視訊我必須打，妳看了H家最近的那個新品發表會了沒？』

「沒有呢。」孟嬰寧乾脆地說。

『放妳的屁，』陸之桓批評她，『妳一個時尚圈裡工作的人，怎會如此不關注圈內要事？』

陸之桓嘆了口氣，繼續說：『不過沒關係，妳這一手我早就料到了，網址我已經傳過去給妳了。』

「……」

孟嬰寧掛了電話，打開訊息，右下角紅色的訊息提示劈哩啪啦的往外彈。

不知道怎麼了，孟嬰寧忽然莫名想到陳妄那句——「妳不是網紅嗎？」

孟嬰寧會成為網紅是個意外。

最開始只是普通的日常貼文，上傳生活日常以及愛用物之類的分享，大學的時候被室友帶去偶爾拍一下平面的約拍照片也都會上傳，還為兩家網紅店做過模特兒。

漸漸的莫名其妙粉絲就積累下來了。

等她終於注意到的時候。

呵，粉絲還挺多。

就這麼莫名其妙變成了小網紅，每天留言區裡一群媽媽粉小姐姐嚎叫著女兒傳張自拍吧。

孟嬰寧看了訊息清單、私訊清單一眼，一邊敷面膜一邊翻著看了，偶爾看到那種特別有趣可愛的也會回覆一下。

看到一半，手機又震了震，她點開。

霹靂無敵爆炸帥你桓哥：『（圖片）、（圖片）。』

孟嬰寧一看，兩張H家新款的男包圖片。

霹靂無敵爆炸帥你桓哥：『妳買這個給爸爸，爸爸介紹個帥哥給妳。』

霹靂無敵爆炸帥你桓哥：『妳的大伯。』

霹靂無敵爆炸帥你桓哥：『（向妳分享了聯絡人）。』

孟嬰寧點開看了一眼，傳過來的是陸之州的聯絡資訊。

「……」

孟嬰寧點進去隨手翻了翻，好像還真的是陸之州的帳號，ID是一個州字。

陳妄你看見了嗎！人家陸之州有聊天軟體帳號！

孟嬰寧興致勃勃地為陸之州的個人主頁截了張圖，然後傳了則圖片簡訊給陳妄。

孟嬰寧問他：『你知道這個是什麼嗎？』

陳妄：『？』

孟嬰寧得意洋洋地說：『這是你不曾擁有的東西。』

孟嬰寧：『這叫聊天帳號。』

陳妄：「……」

孟嬰寧簡訊傳完，等了一陣子，陳妄沒再回覆。

其實他以前也這樣，孟嬰寧有些時候計上心來或者忽然有了閒情雅致傳個訊息什麼的給他，只要不是什麼有營養的內容，他都不會回，一副「妳看老子想理妳嗎」的冷酷氣質，好像完全不跟小屁孩一般見識似的。

孟嬰寧早就習慣了，他回不回也不怎麼在意，轉頭退出簡訊打開聊天軟體，加陸之州的好友。

加的時候，孟嬰寧還是挺開心的，那種即將與舊友重逢的雀躍感讓她連洗面膜的時候都哼著歌，過了大概十幾分鐘，陸之州通過了申請。

孟嬰寧抓起毛巾擦了手，然後顛顛地捧著手機跑回臥室，爬上床，盤腿坐在床中央，準備和竹馬敘敘舊。

指尖提起正準備落在螢幕上打字，她的動作頓住了。

要說什麼？

她連現在陸之州長什麼樣都不知道。

孟嬰寧有點苦惱地抓了抓頭髮，切出來傳訊息給林靜年：『我加了陸之州的帳號。』

林靜年那頭秒回：『？？！』

孟嬰寧：『他通過了，然後我不知道說什麼，覺得有點尷尬。』

孟嬰寧重複：『太久沒見了，一般這種情況要說什麼啊，好尷尬。』

林靜年：『歐巴，撒浪嘿喲！』

「……」

孟嬰寧拿著手機，翻了個白眼。

林靜年：『妳考慮那麼多幹什麼，這有什麼好尷尬的，妳跟陳妄不是已經見過了嗎？看你們當時第一句話說了什麼啊。』

孟嬰寧心道那能比嗎？

我跟陳妄見面那時可比現在尷尬多了。

拜您所賜。

還說話呢，恨不得趕緊滾出十萬八千里遠。

最後還是陸之州先跟她說了話，應該是陸之桓跟他說過了，他開口直接問道：『嬰寧？』

孟嬰寧拿起手機：『好久不見！』

陸之州那邊直接傳了則語音過來：『好久不見，剛剛小桓才跟我說讓我加一下妳好友，妳現在工作了吧，平時忙嗎？』

聲音似乎沒怎麼變過，一如既往的溫和平緩。

孟嬰寧翻了個身，趴在床上打字：『還可以，充實但快樂著嘛，就是會遇到許多奇奇怪怪的客戶。』

電話那頭，陸之州笑了一聲。

陳妄坐在對面，抬起頭來。

「沒什麼，」陸之州一邊打字一邊笑著說，「剛跟嬰寧那小丫頭加了好友，怎麼這麼多年了，她好像沒怎麼變呢。」

陳妄沒說話，冷漠地重新垂下頭去。

陸之州的手臂放在桌面上，手機的訊息提示音一下子響一下，一下子響一下，就這麼響了十幾分鐘，沒完沒了。

陳妄把手裡的書一推，擰著眉不耐煩道：「你們聊完了沒？」

陸之州也不生氣，頭也不抬劈哩啪啦繼續打字：「就用這麼一下子還不讓人聊個天敘敘舊啊，你也聊啊，」他抬起頭來，「對了，之前長官不是讓你去接語嫣嗎，想撮合你們吧？怎麼樣，覺得我這小堂妹如何？」

陳妄漫不經心：「不怎麼樣。」

「……」陸之州被噎了一下：「就算真的不怎麼樣你也別說得這麼不委婉啊，人家都不嫌你即將成為無業遊民，這大小姐從小跟著她媽媽，天天呼風喚雨寵大的，性格……是不怎麼樣，」他頓了頓，嘆口氣，「但她其實就是個傻子，有的時候還挺可愛的。」

陸之州笑道：「要不要介紹介紹文工團新來的那個給你？就是這幾天天天跑來我這跟你偶遇，一見到你就臉紅的那個。」

陳妄抬起頭，面無表情：「你改行當媒婆了？」

「我這不是操心一下兄弟的終身大事嗎？」陸之州說，「馬上就二十九了兄弟，知道你眼光高，這麼多年也沒一個能看上的，但該考慮的也考慮考慮，該談戀愛談戀愛、該娶老婆娶老婆。」

陳妄後仰著靠進椅子裡，掏出菸盒點了根菸，吐出一口，沉默半晌，煙霧朦朧裡，他瞇一下眼：「沒那個心思，」他頓了頓，撣撣菸灰，淡道，「也沒那個命，一個人挺好，也別禍害人家女孩子了。」

陸之州沒說話。

陳妄沉默抽完一根菸，菸蒂在菸灰缸裡按滅，抬手拉開抽屜，抽出一個黃色的信封，推過去。

陸之州看了一眼：「接過來了？在哪？」

「經北路上，走到尾就是。」

「好吧，正好我明天休息，」陸之州點點頭，猶豫一下，又問：「你去不去？」

陳妄沉默一下。

「下次吧。」

陸之桓生日聚會安排在週六，原因據說是這樣不用像週日一樣顧慮第二天要早起上班的事情，又不會像週五因為上一天班太累而嗨不動。

非常體貼的星期六。

週六一大早，他就興奮地打電話給孟嬰寧：『狐狸！別睡了！妳知不知道今天是什麼日子！』

孟嬰寧睡得迷迷糊糊的，不想說話。

陸之桓自問自答道：『是我的生日，一年一度舉國歡慶的日子，妳買了那個包了沒？』

孟嬰寧哼哼了兩聲，帶著濃濃睡意：「我買個包子給你就不錯了。」

『好了起來吧，起來洗個澡打扮打扮，中午先一起吃個午飯，我讓陳妄哥等等去接妳啊，十點半，可以吧，特地挑他休息的日子，妳都不知道我哥這兩個人每天有多忙，又不準用手機，聯絡起來挺吃力。』

孟嬰寧腦袋還埋在枕頭裡，延遲兩秒，清醒了大半：「能不能讓陸之州來接我？」

『不能，』陸之桓乾脆道，『我哥要陪我去拿蛋糕訂包廂，不能離開我。』

「……」

這個死兄控。

掛了電話，孟嬰寧看了一眼時間，還早，正準備再睡一個小時，手機又再次響起。

是李歡的電話。

孟嬰寧愁眉苦臉地接起來。

電話裡，李美人聲音平靜，也聽不出來是什麼事，只讓她去一趟。

上司呼叫哪敢不從，孟嬰寧帶著滿腔怨氣起床洗了個澡，飛快煎了兩個雞蛋吃了點早餐，急急忙忙趕到公司去。

邊走邊傳簡訊給陳妄跟他說一聲，甩了公司的定位地址給他。

週六一大早，編輯部辦公室裡依然一半的人都在加班，做這行的就是週期輪迴，發刊前的幾個禮拜基本上無法休息，雙休日是不存在的，過得都是早八晚十，一週上七天班的日子。

看見她進來，站在影印機前的白簡朝她指了指接待室方向：「妳做好準備啊，陸語嫣來了。」

孟嬰寧：「……」

孟嬰寧面無表情：「誰？」

「陸語嫣，囂張跋扈進來的，那高跟鞋踩得飛起，是不是重新拿回封面回來找妳碴了？」白簡低聲道，「妳是不是得罪她了？我不是跟妳說了小心點嗎，人家有背景的。」

孟嬰寧慘兮兮地扯了扯嘴角：「這個事情說來話長，但是主編不是說她長得像羊駝嗎？應該不會用她了吧。」

「說不準，有錢能使鬼推磨啊妹妹，主編歸主編，還不是領人薪水的，最後還是老闆說的算。」

孟嬰寧戰戰兢兢的進去了。

裡面一片安靜，都沒人說話，李歡和陸語嫣面對面坐，像是在進行什麼無聲的博弈。

孟嬰寧輕輕敲兩下玻璃門：「老大？您找我？」

李歡轉過頭來。

職業精英女性李部長今天穿了一件大媽款花背心，辦公室裡中央空調很強，她外面搭著的依舊是她的茄紫色戰袍外套，眼底一片青黑，面容枯槁，神情異常憔悴：「陸小姐來找妳的。」

孟嬰寧被嚇得定住了：「老大，您昨天晚上挖煤去了？」

「別說了，兩個禮拜我的白頭髮多了百來根，」李歡擺了擺手，站起來往外走，「妳跟陸小姐慢慢聊，我去忙了。」

孟嬰寧沒辦法，嘆了口氣，走過去，坐到陸語嫣面前，擺出她的招牌微笑：「陸小姐，早啊。」

陸語嫣抱著手臂：「妳為什麼不接我電話？妳把我拉黑了？」

「嗯？怎麼會，」孟嬰寧迷茫眨眼，「可能是手機沒訊號？」

「呸！妳以為妳能躲得了我？妳以為拉黑我了我就找不到妳了？」陸語嫣氣急敗壞，「妳這是做了虧心事不想面對我！」

「陸小姐，我不是不想面對您，」孟嬰寧笑瞇瞇道，「我明顯是不想理您啊。」

「我不想跟妳兜圈子，我今天來不是為了封面，這封面我不拍了，老娘又不差這點錢。」

「妳跟陳妄是什麼關係？」陸語嫣直接問。

孟嬰寧沒反應過來：「誰？」

「陳妄！我都看見了，那破雜貨店門口有攝影機！」陸語嫣氣得滿臉通紅，激烈又真實的反應哪裡像個女明星，簡直是個被從小嬌慣著長大不懂得控制情緒的傻白甜，「妳這個女孩子怎麼這樣！表面上看起來清清純純的，結果說話說著說著就往別人男人身上撲！」

孟嬰寧聽得一臉莫名其妙。

陸語嫣冷笑一聲，把手機甩在茶几上。

上面應該是一段影片，沒聲音，畫面看起來廉價又模糊，但是還是能看得清人臉。

孟嬰寧歪著腦袋點了播放。

白雲黃土地，黑色ＳＵＶ，她正在跟陳妄說話。

她從包裡翻出錢來，往前兩步，塞進陳妄襯衫口袋。

她踮起腳，手扶著男人肩膀湊到他耳邊，動作曖昧。

她後退兩步，拉開一段距離。

畫面靜止了三十秒。

她忽然整個人往前一撲，撲進陳妄懷裡。

陳妄反射性的張開雙臂，將她攬入懷中。

影片結束，畫面裡的兩個人看起來像是在緊緊相擁。

「……」

孟嬰寧從臉頰到耳朵不易察覺地，悄悄地紅了。

她淡定地抬起頭，把手機往前一推，客觀地點評道：「拍得還挺唯美。」

陸語嫣反而淡定了，她深吸口氣，恢復一臉雲淡風輕的仙女人設，下巴一揚，高貴冷豔道：「孟小姐，我勸妳儘早放棄吧，陳妄他不喜歡主動的，更不喜歡黏人的，妳越這樣勤快的投懷送抱，他就會越討厭妳。」

孟嬰寧有點一籌莫展。

她正思考著這事該怎麼說才好，手機在口袋裡震了兩下。

抽出來掃了一眼，簡訊來自比酷大魔王，兩個字。

——『到了。』

孟嬰寧看了對面一臉囂張跋扈看著她，眼神又不屑又輕蔑的陸語嫣一眼，想起她放自己鴿子這件事。

孟嬰寧又有主意了。

她眼睛眨兩下，手機在手裡轉了兩圈，一個電話撥過去。

然後放在桌面上，按了擴音。

響了三聲，陳妄那邊接起來，沉淡沙冷的男低音：『下來了？』

孟嬰寧眼睛一彎，掐著嗓子甜甜道：「陳妄哥哥。」

陳妄：『……』

「我不想一個人下去，你現在就上來接我。」孟嬰寧咬字軟軟地，黏黏糊糊地跟他撒嬌，「包包好重的。」

陸語嫣：「……」

陳妄：『……』

第四章　不乾淨了

陸語嫣看了孟嬰寧手邊的包一眼。

Fendi的小怪獸鏈條包，上面的怪獸臉正對著她，那耀武揚威的模樣跟它主子一模一樣。

巴掌大，連個長錢包都塞不進去。

還包包好重。

陸語嫣在娛樂圈裡混了幾年，婊成什麼樣的女的沒見過，妖豔的、綠茶的、小白花的、稱兄道弟的比比皆是，唯獨沒見過這樣的。

當著妳的面，婊得虛偽又做作，為的就是明明白白地告訴妳──我就是故意的，妳看見了嗎？妳這個手下敗將。

這是一朵什麼絕世大白蓮。

陸語嫣快氣吐了，偏偏還不能說話，她也不想讓陳妄知道她來這裡找孟嬰寧。

孟嬰寧做了兩手準備，她趴在茶几上，手機離得極近，以防止陳妄萬一說出什麼不符合劇本設定的話，她好第一時間把電話掛了。

結果陳妄沉默了。

而且沉默了挺長時間。

孟嬰寧忐忑地摳一下手指，精神十二萬分高度集中警惕。

『妳──』陳妄緩慢開口。

孟嬰寧眼疾手快，瞬間撈起電話，關掉擴音，手機湊到耳邊，聽見他接下來的四個字，聲音有點啞：『什麼毛病？』

孟嬰寧：「……」

她看了坐在對面眉毛都快氣飛的陸語嫣一眼，繼續道：「什麼？樓下保全不讓你上來呀。」

她的聲線本來就綿軟，這時故意這麼一壓，嗲到不行。

陳妄語氣危險：『孟嬰寧，妳是不是嗑藥了？』

孟嬰寧偷偷翻了個白眼。

她沒聽見似的，拎起包包，流暢又自然地對著電話說：「那你等我一下噢，我馬上下去了，沒事你不用上來了，我一個人也可以的。」

孟嬰寧演到興起，還幫自己加了段戲，絲毫不覺尷尬，委屈又堅強地說：「你別擔心我啊，我可以的，我自己沒事的。」

陳妄：『……』

陸語嫣：「……」

陸語嫣實在受不了了，也顧不得在陳妄面前保持形象了，忍無可忍高聲道：「好了趕緊掛了吧！坐個電梯還不會，妳是殘廢了嗎？」

孟嬰寧滿足她的心願，終於把電話掛了。

出會議室前，女孩禮貌地跟她道了個別，甚至還期待一下下次能有機會和她合作。

還合個屁作。

陸語嫣氣得心臟疼。

孟嬰寧從辦公大樓裡出來就看見路邊的陳妄，他坐在車裡沒下來，車窗降著，手臂搭在窗沿，看著她揹著那屁大點的包小步朝他跑過來。

陸語嫣的聲音出現時，陳妄也意識到了，大概明白是怎麼回事。

陳妄覺得女孩子這些彎彎繞繞可真是有意思。

孟嬰寧顛顛地跑過去，拉開後座車門爬上車，小包往旁邊一甩，安靜地正襟危坐。

陳妄順著後視鏡睨著她：「演完了？」

孟嬰寧乖巧地點點頭：「完了。」

「我好用嗎？」他懶懶問。

「好用，」孟嬰寧點點頭，嘆道，「效果拔群，立竿見影，應該會回購的。」

她扒著駕駛座椅背靠過去，笑著叫他一聲：「陳安。」

陳安發動車，轉過頭來：「嗯？」

孟嬰寧把下巴放在椅背上，從下往上看著他：「今天謝謝你啊。」

女孩杏眼烏黑，笑起來眼角一彎，梨窩淺淺，像盛了碗糖水在裡頭，看起來又軟又乖。

陳安的視線在她臉上定了五秒，移開，伴隨著引擎聲一腳油門踩出去，輕嗤：「傻子。」

孟嬰寧也習慣了，他從小就愛這麼說她，心情很好地坐回到後座，靠著車門斜過身子窩在角落裡，傳訊息給林靜年。

耳邊車門門鎖很輕的「咖噠」一聲，鎖上了。

孟嬰寧聞聲略抬了下頭，也不在意，繼續傳訊息。

因為有陸之州在，陸之桓這次規規矩矩地訂了個能規規矩矩吃飯的地方，找不了小公主、小少爺那種。

從公司過去不算近，孟嬰寧和陳安是最後兩個到的，服務生領著上了二樓包廂，推門進去發現人都滿了。

陸之桓朋友多，是出了名的交際花，各路人都認識，每天活躍在各個圈子的社群動態裡，孟嬰寧本來以為會看到堪比婚禮酒席的盛景，沒想到進去只有一桌人。

他的那一群狐朋狗友一個都沒叫，看得出來非常害怕在他哥面前暴露真面目。

整張桌都坐滿了人，孟嬰寧基本上也都認識，打了一圈招呼，旁邊一人笑道：「我還以為陳妄把我們嬰寧拐跑了呢，半天沒見到人來。」

陳妄走過來坐下，沒說話，順手拉開旁邊的空椅子。

「臨時有事，去了趟公司。」孟嬰寧解釋，只剩下最外面兩個空椅子，她很自然走過去，剛要坐下，林靜年坐在她左手邊，忽然熱切地叫了她一聲：「狐狸！」

孟嬰寧一邊坐下，一邊抬起頭來。

林靜年眼神戒備地看了她旁邊的陳妄一眼，又看看她：「妳那是送菜口，不方便吧，要不要我們換一換？」

孟嬰寧：「……」

陳妄是能吃了我還是怎麼樣。

孟嬰寧正想說不用，她旁邊的人笑了一聲：「我換吧，妳們兩個女孩子坐一起。」

一桌的人太多，孟嬰寧剛剛沒仔細看，現在才發現，林靜年旁邊坐著陸之州。

變化挺大，孟嬰寧一時間沒認出來是他，愣了愣，又仔細看那人的眉眼，才認出來。

旁邊有人打趣著嚷道：「狐狸！發什麼呆呢，不認識妳的啾啾哥了啊？」

從小一起長大的那一群小孩都知道，她小時候說話說得晚，發不好陸之州的州字那個音，每天都跟在少年屁股後面啾啾啾啾的叫。

小時候的事被提起來打趣還是會讓人稍微覺得有點不好意思的，她一屁股坐下，趴在桌子上沒說話。

陸之州笑了笑，隔著兩個人側頭問她：「要換嗎？」

孟嬰寧半張臉藏在臂彎裡：「不換了。」

坐在她旁邊的姓蔣，家裡排老二，小時候特別胖，所以大家都叫他二胖，即使這人現在瘦了，稱呼卻始終跟著他傳承了下來。

二胖從小就是個人精，這時看了林靜年一臉不開心加擔憂的臉色一眼，以為她是想撮合孟嬰寧和陸之州坐在一起，連忙站起來，樂顛顛的跑到陸之州旁邊，一拍他肩膀：「來，州哥，我們換個座位，我今天不知道為什麼，特別想跟年年聊聊天。」

林靜年不想孟嬰寧跟陳妄坐一起，眼裡只有她的小閨密，別人說什麼她都不關心，只管用看狼一樣的眼神盯著陳妄，冷酷道：「年年拒絕了您的聊天請求。」

叮叮噹噹椅子一頓響，陸之州跟二胖換了位子，坐到孟嬰寧旁邊。人到齊，陸之桓開始招呼著服務生上菜。

孟嬰寧早上東西吃得急，又遇到陸語嫣這麼個糾纏不休的神經病演了一場，勞心勞力，現在閒下來開始悠悠哉哉吃東西。

陸之州偶爾側頭跟她說兩句話，開開玩笑，問幾句閒事。

孟嬰寧本來以為太久沒見，不知道說什麼會尷尬，但男人極會聊天，很容易找到話題拋給她，畢竟是從小一起長大的感情，聊了沒多久，以前的感覺也回來了。

吃得差不多，她開始跟他聊工作上的事情。

「我們那個主編太煩人了，」孟嬰寧咬著筷子尖，皺著眉，一臉不高興，「原本都定下來的主題了，他一句話說改就改，倒楣的還不是我們。」

「真的，整整三週，一天休假都沒有，熬得我眼睛都快瞎了。」

「而且特別特別龜毛，我一篇採訪稿改了六遍、六遍，一個標點符號表達的語氣不行了都要退回來重新改。」

她像隻嘰嘰喳喳的小鳥，跟親近的人抱怨最近發生的事情。

下午的陽光透過包廂窗戶照進來，又被淺白的窗紗過濾了一層，溫溫柔柔掛在她身上。

整個人看起來明媚又活潑。

陸之州極有耐心地聽著，忽而長出口氣，側頭看著她，眼神裡有種老父親的滄桑，笑著嘆道：「我們嬰寧也長大了。」

孟嬰寧被他的語氣弄得有點不自在：「本來也不是小孩了，我都二十四了。」

陳妄安靜地靠在椅背裡，淡淡看了她一眼。

女孩仰著頭，對著那人笑得眼睛彎彎，乖巧又討人喜歡。

跟他獨處的時候，她的排斥和躲避向來都明明白白的寫在臉上，在陸之州面前，卻會露出這樣的表情。

陳妄想起她柔軟觸碰著他心臟的手。

以及吐字時輕佻勾人，又軟又嗲的一把嗓子。

他指尖微動，撣掉一截菸灰，瞇起眼。

是長大了。

陳妄推開椅子起身，無聲走出包廂。

二樓全是大包廂，走廊裡沒什麼人，廊燈的光線昏黃柔和，他背靠著牆在門口站了一陣子，慢悠悠地從口袋裡抽出菸盒，又翻出打火機，垂頭。

包廂門被打開，陳妄一邊點菸一邊側了下頭。

孟嬰寧回手關上包廂門，仰著腦袋。

打火機的火苗舔著香菸前端，男人低垂著頭，掀起眼皮看了她一眼，漆黑幽深的眸裡映出微弱暗火。

陳妄點著菸，垂手，將打火機收回口袋，吐出口煙來，淡聲：「出來幹什麼？」

濃烈的煙霧在兩人之間彌漫，很快籠罩。

孟嬰寧被嗆得皺著眉，捏著鼻子咳了兩聲：「看看你。」

陳妄一頓。

他沒動，靜了幾秒，隔著煙垂眸看著她，半晌，懶懶一笑：「看我幹什麼？」

他低啞開口，嗓音很沙，「怎麼不接著跟妳的心上人聊天？」

陳妄的菸很嗆。

孟嬰寧對這個不瞭解，只知道酒有度數，不知道菸是不是也有，如果有的話，這嗆人程度也是菸裡的高粱了。

她捂著鼻子咳嗽，又退了兩步，離那團煙遠了點，根本沒注意他說了什麼亂七八糟的。

他的聲音低，走廊窗半開著，外面車流鼎沸，混著嘀嘀叭叭的喇叭聲鑽進來，孟嬰寧有幾個字沒聽清，拉開了距離才問：「跟誰聊天？」

男人看了她一眼，把菸掐了，直起身往前兩步，抬手將窗子拉得大開。

夏天裡滾燙的風呼呼地灌進來，煙霧被吹散了大半。

陳妄沒什麼情緒地笑了笑，不知道她是真的沒聽清還是裝傻。

也不想細究。

陳安認識孟嬰寧時，她跟陸之州已經很熟了。

初見時，他揪了揪她的呆毛，就把小孩惹得嗚嗚咽咽地哭，怎麼都不停，還是等著陸之州從英語補習班回來。

陸之州那時也才十二、三歲，半大小少年放下書包跑過去，蹲下身來看著坐在石板床上的小孩，溫聲問：「寧寧怎麼了？」

小孟嬰寧哭得直打嗝，仰著小臉，話都說不清：「哥哥、哥哥……我要被抓走了……」

少年陸之州幫她抹眼淚：「寧寧不會被抓走的，不哭了啊。」

見有人幫她撐腰，孟嬰寧也不憋著了，哭得更放肆了：「寧寧太難受了……我要吃棉花糖才能──嗝，不哭嗚嗚嗚……」

「……」

真是沒見過這麼嬌氣的小孩。

陳安不耐煩的想。

最後陸之州帶著她去雜貨店買了一大堆各種顏色的小動物棉花糖才終於好了，小孩嘴裡塞滿了糖，肉嘟嘟的腮幫子鼓鼓的，嘰嘰喳喳回來了。

小學到了高年級，孟嬰寧就開始有人追了，一直到國中。

正是少年、少女們情竇初開的歲數，校園裡到處都有背著老師和同學偷偷冒出來的粉紅泡泡。

孟嬰寧那時也有幾個玩得特別好的小朋友，幾個小女生一下課就結伴去上廁所，還要手拉著手。

附中分國中部和高中部，那天國中部教學大樓停水，一群小孩嘰嘰喳喳湧入了學長姐們的世界，陳妄下樓，就看見孟嬰寧和她的小朋友拉著手站在高中部教學大樓門口，陸之州正在跟她說話。

小女孩這幾年長得飛快，身體抽條，寬大校服外套襯得身形愈加單薄纖細，肉嘟嘟的小臉瘦下來，下巴的輪廓尖尖，大眼睛烏黑，睫毛又濃又密。

十三、四歲的年紀，少女姣好的身段開始顯露。

陳妄手插進校服外套口袋，遠遠地看著她笑得眼睛彎彎，身體微微前傾，仰頭看著面前的少年，跟他說話，肢體動作不經意間流露出來的全是依賴感。

連眼睛都是亮的。

等陸之州走後，孟嬰寧進了教學大樓往洗手間走，和她一起的女孩問：「剛剛那個是妳哥哥嗎？」

「也不算是吧，」孟嬰寧想一下怎麼說，「就是鄰居家的哥哥。」

陳妄轉身想走。

「怪不得誰跟妳告白妳都看不上，我要是有個這樣的哥哥我也看不上呀！」女孩子了然，而後紅著臉笑嘻嘻拿肩膀輕輕撞了撞她，「妳是不是喜歡妳的鄰居哥哥？喜歡就追呀，那種男生肯定很多女的追，妳這叫近水樓臺先得月，別浪費這麼好的條件。」

陳妄腳步一頓，回頭看過去。

少女先是一副沒想到她會問這個問題的樣子，茫然又意外的表情。

幾秒鐘後，她像是突然想起什麼似的，白嫩的耳根到臉頰泛起微微的緋紅。

她抬手，指尖輕輕捏了下耳朵，眼睛飛快地眨兩下，又撇撇嘴，有點羞惱地垂眸盯著腳尖，軟軟糯糯的嗓子小聲嘀咕：「誰會喜歡啊，那種……」

她沒再往後說下去。

下課的學生吵吵嚷嚷，一群群湧來，少女纖細的身影淹沒在人群之中，消失不見。

女孩子的反應和表情太明顯了。

那種稚嫩的小心思是藏不住的。

況且如果是陸之州的話，會對她好。

她不會受委屈。

陳妄垂頭，無聲地自嘲一笑，又重新靠回牆面：「吃飽了？」

孟嬰寧點點頭：「差不多，他們應該也都吃得差不多了，在聊天呢。」

「妳也回去吧，」旁邊沒垃圾桶，陳妄指間捏著被滅了的菸，垂頭把玩，「好不容易見到了，難得有空就多聊聊。」

孟嬰寧反應一下才明白過來他說的是誰：「都加了好友了，之後再聊也可以。」

陳妄：「陸之州不常用手機，隊裡都要收。」

孟嬰寧心道這難道是你沒有聊天軟體和行動支付的理由嗎？

「那也不急呀，」孟嬰寧側頭問，「以後不是都留在這裡了嗎？」

「也不一定，」陳妄頓了一下，「陸之州會吧。」

孟嬰寧「啊」了一聲，頓了頓，忍不住還是多問了一句：「那你呢？」

陳妄：「嗯？」

孟嬰寧：「你以後留下嗎？」

陳妄抬眸，看了她一眼：「不知道。」

孟嬰寧又「啊」了一聲，欣喜地仰起頭來，歡喜道：「就是說你可能還會走啦？」

陳妄：「……」

陳妄看著她一臉欠揍的表情，「嘖」了一聲：「這麼開心啊？」

他湊近兩步，抬手屈指，食指點了點她的額頭，哼笑：「怎麼，怕我留下怕成這樣？」

孟嬰寧捂著腦袋往後躲了躲：「我什麼時候這麼說了？你這個人能不能講點道理？」

她有點憤憤的表情，像個被壓榨良久始終敢怒不敢言一朝終於爆發的小可憐，鼓起勇氣反駁了句：「我現在不是小孩了，你別戳我頭。」

陳妄眉梢稍揚。

他兩大步跨上去，抬手按著她的小腦袋瓜，說：「還敢反抗？」

孟嬰寧在他手下掙扎著想抬起頭，很無力地反抗：「放手，你剛抽完菸都沒洗手。」

「臭死了……」她極小聲嘟囔了句，又不敢讓他聽見，默默地偷偷嫌棄道。

陳妄耳朵尖尖，聽見了，唇角勾起寡淡一點弧度，剛剛那點莫名其妙的煩躁和鬱結散了，他五指張開，扣著她的腦袋瓜把頭髮揉得亂糟糟的，懶懶道：「妳有能耐了，嗯？嫌老子髒？」

她今天沒綁頭髮，隨意披散下來，髮質很軟，大概是早上剛洗完的緣故，手感蓬鬆。

「你別，摸我頭髮，都摸髒了，有菸味了，」孟嬰寧一字一頓說，她像隻小雞崽子似的撲騰著翅膀，做著無用功，費了好大的力氣，一邊費力掙扎一邊試圖跟他好好商量：「你能不能先……洗個手。」

她的臉都憋紅了。

陳妄按著她把人又往前推了推，閒閒道：「洗個手就能摸了啊？」

孟嬰寧怎麼也鑽不出去，氣得想捧著他手臂咬一口，這人怎麼這麼討厭。

明明剛剛說話的時候氣氛還挺和諧的，果然，虛假的和平維持不了五分鐘。

與此同時，啰嗒一聲，包廂門再次被推開，二胖和林靜年站在門口，一臉茫然地看著外面的兩個人。

女孩整個人被男人死死按著，一手抵在他胸口，鼻尖貼著他的胸膛，另一隻手拽著手臂撲騰。小臉通紅，動都動不了。

陳妄單手遊刃有餘控制著她，絲毫不把她那點力氣當回事，懶散地扭過頭看了門口兩人一眼，甚至在門猝不及防被推開的時候還下意識地勾著孟嬰寧的腦袋往自己懷裡帶了帶，微側著身擋了一下。

二胖和林靜年原本是鬥著嘴出來的，兩人從小就這樣，一見面就吵，吵了這麼多年大家也習以為常了，結果一出來就看見這麼一幕，還有那句「洗個手就能摸了啊」。

兩個人默契十足地同時住嘴，徹底沒聲了。

二胖總覺得陳妄這話好像有哪裡不對，可是又說不上來哪裡不對。

二胖又看了眼前這畫面一眼，別說，看起來還挺和諧般配。

二胖心道我這麼多年難道是站錯CP了嗎？

二胖開始慌了。

林靜年也呆了好幾秒，反應過來，老母親太陽穴一跳，瞬間就不幹了：「你幹什麼呢，放開我們狐狸！」

包廂門開著，她這一聲炸出來，包廂裡原本聊著天的人瞬間消了音，全都扭過頭來，看向門外的方向。

陸之桓手裡捏著酒杯站著，歪頭，還以為外面幾個人打起來了呢。

還是陸之州最先反應過來，走到門口，溫聲問道：「怎麼了？你們都站在門口幹什麼呢？」

陳妄看他一眼，鬆了手，往門口的方向撤了撤。

他手一鬆，孟嬰寧趁機掙脫大魔王的桎梏，飛快從他手臂下面鑽出來。

孟嬰寧迅速跑向林靜年，委屈地叫她：「年年！」

林靜年也上前兩步，一把把她抱住，她的身高一百七十多，穿著高跟鞋個子比孟嬰寧高小半個頭，纖細手臂一張，把她摟了個嚴實。

然後再次抬起頭來，目光警惕地看著陳妄，保護者的姿態擺得十足。

孟嬰寧頭埋進她懷裡蹭了蹭，哼哼唧唧地，熟門熟路地連撒嬌帶控訴順便告狀：「嗚年年，我髒了，我不乾淨了我現在好髒……」

眾人：「……」

林靜年：「……」

陳妄：「……」

包廂裡外加上門口，幾十道視線齊刷刷地轉過來，一致看向陳妄。

林靜年一臉愕然，陸之州有點茫然。

陳妄：「？」

女孩平時不顯山不露水，軟乎乎跟個傻白甜似的，其實熟悉以後會發現這小狐狸名字不是白叫的，又靈又皮。

尤其在場的幾個全是從小光著屁股一起長大熟悉到不行的人，孟嬰寧更不設防，說這話的時候幾乎是脫口而出，根本沒怎麼過腦考慮。

孟嬰寧開始反思自己最近是不是有點過於飄了，皮到失了智。

嘴比腦快，孟嬰寧說的時候是真的沒什麼別的意思，說出來的瞬間才意識到這話往歪了理解放在現在說好像不是那麼合適。

孟嬰寧的臉一點一點，後知後覺地紅了。

陸之桓今天點的都是假酒吧。

什麼鬼啊。

孟嬰寧又感受到了絕望，逃避似的埋在林靜年懷裡，心裡非常尷尬，並不是很想抬頭面對此時這絕美的現狀。

一時間沒人說話，半晌，陳妄平緩地笑了一聲。

這一聲笑，也不知道是不是錯覺，孟嬰寧總覺得自己從裡面聽出了莫名的含義和意味深長。

她的耳朵微微動了動，這下連耳廓都紅了，連忙抬起頭來，飛快解釋道：「他沒洗手就摸我頭髮。」

林靜年憑藉著對她這麼多年的瞭解瞬間整理了事情起始，明白過來。

這是搞完事反應過來又開始不好意思了。

妳說妳臉皮這麼薄還非要騷這麼一下到底是圖什麼？

孟嬰寧抬起頭來看了陳妄一眼，癟著嘴悶悶道：「我剛洗的頭，都被蹭髒了。」

陳妄：「……」

妳還先委屈上了。

正吃著的人都茫然的往門口看，陸之桓也過來了，站在門口扒著他哥的肩膀，一臉莫名地轉過來看向陳妄：「陳妄哥，你摸她頭髮幹什麼？」

「……」

陳妄漠然轉頭，看著他：「來。」

陸之桓二話不說，屁顛顛跑過去。

陳妄抬手，扣住他的腦袋。

靜止三秒。

陸之桓一百八十公分，比陳妄還矮了半頭，二十五歲大男人，乖巧地一動也不動被他按著腦袋，一臉茫然：「哥怎麼了？」

「想摸，」陳妄拖著聲重複，「我就是想摸，明白了？」

陸之桓搖搖頭：「行，明白。」

林靜年翻了個白眼，心道：傻子。

陸之州嘆了口氣，也不明白自己的弟弟為什麼這麼蠢。

唯有二胖，在聽到這句「我就是想摸」的時候又是一震。

他看了陸之州一眼，看起來也沒有什麼異常的反應。

二胖迷茫了。

他站了十幾年的州寧CP。

難道真的站錯了？

幾個人在門口吵吵鬧鬧地鬧了一通，包廂裡的人隔著桌子往這邊看：「你們幹什麼啊？還不進來啊。」

「來了，」陸之州忍著笑回過頭，「他們鬧著玩呢，馬上進來。」

陸之桓反應過來，招呼著把幾個人都弄進去了，孟嬰寧跟著林靜年後面進去，坐下以後回頭，看了門口一眼，門被帶上了。

她後面，陳妄沒跟著進來。

孟嬰寧咬著筷子轉過頭，掃了面前的餐桌一眼，夾了一塊糖醋里脊，繼續吃起來。

吃到第三塊的時候，門被打開，陳妄回來，在她旁邊坐下。

孟嬰寧的視線不偏不倚，專注地吃著糖醋里脊，吃完，側頭伸筷子去夾轉桌上的一盤小排。

對面也有人在轉，速度有點快，她怕夾不到，連忙伸手過去，還是來不及，筷子剛伸出去，盤子已經轉到她旁邊陳妄那邊去了，眼看著要轉得更遠了。

孟嬰寧放棄了，想著下一圈轉過來的時候再吃。

她剛要收手，一雙骨節分明的手從她面前伸過去，按住玻璃轉盤。

男人的手臂微微用力，小臂上的肌肉隨著動作拉伸出流暢而有力的線條，手指搭在轉盤上，那盤小排頓時停在他斜前方，紋絲不動。

孟嬰寧轉過頭。

陳妄朝那盤排骨抬了抬下巴：「夾。」

她連忙伸長手臂過去夾，還是有點遠，筷子勉強能碰到一塊排骨。

孟嬰寧剛想說算了，我先吃別的，手裡的筷子忽然被抽走了。

陳妄換另一隻手按著轉盤，捏著她的筷子夾住她剛剛看上的那塊肉，放進她的小瓷碗裡。

一塊夾完，又夾了一塊，才把筷子遞給她，淡淡道：「吃吧。」

孟嬰寧接過來，眨了眨眼，道謝。

男人收手時，手指從她面前虛虛晃過。

有洗手乳的味道跟著略過鼻尖，淡淡的，乾淨又清冽。

下午，飯吃完，陸之桓這個老年人養生正派生日趴進行到了下一環節，一行人去湯誠會館打麻將。

陸之桓最喜歡的環節。

孟嬰寧其實對這項國粹競技也很熱衷，不過這時候提不起太大興致，包廂很大，外面打撞球的湊了一組，裡面打麻將的湊了一組，還有兩撥打牌的。

陳妄接了個電話以後和陸之州兩個人先走了，他哥前腳剛走，陸之桓後腳瞬間就來了興致，猛地一拍麻將桌，站起來大喝一聲：「叫兩個公主給我！」

林靜年翻了個白眼，隨手拽了個靠墊朝他扔過去：「閉嘴，我看你就像個公主。」

孟嬰寧把下巴擱在靠墊上，閒閒接話：「去幫自己掛個牌子吧，說不定一個晚上能把你打麻將賠的賺回來呢。」

陸之桓酷愛打麻將，倒也邪了門了，叱吒雀壇多年水準依然奇差，坊間人稱送財童子。

陸之桓沒聲了，老老實實坐回去繼續吃碰槓他的三六九餅。

林靜年側過頭。

孟嬰寧正在擺弄社群，翻翻留言、私訊什麼的，亂七八糟什麼都有，約拍的推廣的表白的。

她隨便點開一個網拍店約拍的私訊，仔細看了幾行，注意到林靜年熱烈的視線。

孟嬰寧哼哼兩聲，手指一邊按著螢幕打字一邊頭也不抬問道：「怎麼了？」

「我感覺，」林靜年斟酌一下措辭，「陳妄好像變得有點不一樣了。」

孟嬰寧的動作頓了一下，又繼續打字：「十年了，哪能一樣呢，我也不一樣了。」

「不是那個不一樣，我也不知道怎麼說，就是感覺，」林靜年糾結地說，「雖然看起來還是挺愛欺負妳的，但是他現在給人那種，挺淡的感覺，讓人覺得他現在對妳沒什麼非分之想了。」

林靜年說完頓了頓，看著她：「妳明白吧。」

孟嬰寧抬起頭，也看著她：「我不明白。」

她不覺得陳妄對她有過什麼非分之想。

「也不是對妳，就是感覺他現在好像對什麼都挺淡的。」

孟嬰寧打字的動作頓了一下。

「唉，說了妳也不明白，妳就是個傻子，」林靜年嘆了口氣，「妳還是跟陸之州多聊聊吧，你們今天說的話太少了。」

「我們今天吃飯的時候一直在說，」孟嬰寧放下手機，挺不解的看著她，「但是我跟他有什麼好聊的？」

「很多都好聊啊，」林靜年說，「聊聊聘金、聊聊彩禮，聊聊小孩的學區房。」

林靜年突然興奮，頭湊近低聲說：「我已經幫妳問過了，之州哥現在沒女朋友呢。」

孟嬰寧反應了好幾秒，才明白過來她是什麼意思。

她一下子笑了出來，有點不可思議地看著她：「不是，他有沒有女朋友，和我有什麼關係啊。」

她這個啼笑皆非的反應過於流暢自然，林靜年也愣了，低聲：「妳不喜歡他嗎？」

孟嬰寧好奇：「什麼樣的喜歡？」

「就是……想跟他睡覺的那種喜歡，」林靜年想了想，點了點頭，「想上他。」

「……」她的表情挺嚴肅的，所以孟嬰寧也配合著很認真的想了一下，然後搖了搖頭：「沒有。」

林靜年不信：「從來沒有過？」

孟嬰寧：「從來沒有過。」

林靜年垂死掙扎：「小時候也沒有過？」

孟嬰寧眨一下眼：「從我記事起就沒有過。」

林靜年一敲桌子，恨鐵不成鋼道：「妳怎麼不喜歡他？陸之州多好，對妳也好！」

孟嬰寧笑了起來：「是挺好的呀，可是他好和我喜歡，這沒有因果關係呀。」

林靜年沒好氣地說：「那還能喜歡對妳不好的啊？」她嘆了口氣，還是不甘道，「妳國中的時候也沒喜歡過他？」

「沒有呢，我不早戀的。」乖寶寶孟嬰寧心平氣和地說。

「那妳運動會還特地跑去幫他加油？」

「不能加個油嗎？」

「他每次打籃球妳也送水給他。」

「我不是給他……」孟嬰寧猛地一頓，忽然炸毛了，「還不能送個水嗎！」

林靜年斜她，涼涼道：「那時他們高中部籃球賽，妳蹺課去幫人家加油妳還記得嗎，回來喊得嗓子都啞了。」

「……」

好半天。

孟嬰寧慫慫地憋出一句：「我不記得了……」

林靜年：「……」

她的記性向來好，手機號碼掃兩眼就能背下來的人，怎麼可能不記得了。

那年陸之州他們高三上學期，高中生涯的最後一次籃球賽，陸之州他們班除了他還有陳妄，兩個人配合默契，最後進了決賽。

十七、八歲的兩個少年盡情燃燒著少年時代末端屬於青春的餘熱，把高中生涯最後一場比賽看得挺重，一回家就趴在院子裡研究戰術。

結果決賽那天下午，國中部要上課。

孟嬰寧還記得上的是英語，她跟英語老師請了假，說自己肚子疼，想去保健室。

第一次說謊，她羞愧又心虛地低垂著頭。

孟嬰寧成績好，英語尤為出色，平時又是個人見人愛的乖寶寶，幾乎沒有一科教過她的老師不喜歡她，英語老師毫不懷疑就讓她去了。

小女孩一出英語辦公室拔腿就跑，飛快跑到福利社，買了幾瓶運動飲料，吃力地抱在懷裡，跑到高中部那邊的體育館。

籃球館裡人聲鼎沸，看臺上人都坐滿了，一眼看過去全是高中部的白色校服，孟嬰寧穿著醜醜的國中部藍色校服穿梭，像個小豆丁。

她抱著水找了一圈，看見陸之州他們班。

陸之州正坐在下面長椅上說話，陳妄坐在他旁邊，身體前傾，手肘屈起來搭在膝蓋上，頭上搭著一條白色的毛巾，似乎在聽。

比賽已經結束了半場，看起來正在中場休息，孟嬰寧抱著水跑過去，陸之州一側頭，看見她，有點訝異：「嬰寧？」

陳妄聞聲抬頭。

小女孩懷裡艱難地抱著幾瓶水，額頭上掛了層薄薄的汗，跑得很急，小臉微紅。

陸之州問：「妳怎麼來了？」

「我來加油的。」孟嬰寧喘著氣說。

陳妄眉一挑：「不上課了？」

孟嬰寧不看他，垂著頭把水放在地上，一邊拆開一邊悶聲道：「請假了。」

陳妄哼笑了聲：「出息啊，敢蹺課了？」

小女孩動作一頓，不理他，拆出一瓶水，遞給陸之州。

陸之州笑著道了謝，接過來。

剛好有隊友走過來，跟陸之州說話，似乎是在說接下來的比賽。

孟嬰寧不懂這些，趕緊往旁邊站了站，怕自己礙事。

剛挪到長椅末尾，一抬眼，看見陳妄還在看她。

上。

孟嬰寧被他盯得不自在地移開視線，垂下頭，又覺得不太好，重新抬起頭來，和他的目光對

她抿著唇，眨兩下眼。

陳妄問：「我的呢？」

小嬰寧愣愣看著他：「什麼？」

少年淡聲：「我的水。」

小嬰寧說：「沒有你的水呢。」

陳妄忽然站起來。

少年身形高大，一站起來壓迫感十足，像座山一樣壓在她面前。

孟嬰寧被他嚇得一哆嗦，下意識後退兩步，閉上眼，小臉一白，一瞬間以為自己要挨打了。

安靜了好幾秒。

她睜開眼。

陳妄俯下身，漆黑深沉的眼看著她顫抖的睫毛，緩慢挑起唇角：「這麼怕我啊。」

少年穿著白色球衣，黑髮被汗水浸濕，濕漉漉的，身上有蒸騰的熱氣，熨得人臉頰發燙。

孟嬰寧還沒反應過來。

陳妄手撐著膝蓋前傾，頭一低，倏地拉近和她的距離，喘著氣湊過來，聲音也帶著運動後的

啞：「小朋友，打個商量。」

他低著嗓子，懶洋洋說：「這比賽我要是拿了第一，以後打球的時候妳也送瓶水給我，行不行？」

第五章　粉紅咪咪

送水這種事，向來都是女孩子自發，哪裡還有主動要求別人的。

籃球場裡全是人，四周雜訊很大，看臺上有人在喊陳妄的名字，是女孩子的聲音，幫他加油。

孟嬰寧大夢初醒似的急慌慌垂頭，扭開脖子躲他喘息呼出來的熱氣，視線別開，抬手推他：「你……別離我這麼近。」

女孩子柔軟的手隔著球衣抵住肩頭，他的身體溫度很高，上臂連著肩膀處的肌肉觸感柔韌，有種很少年的青澀力量感。

她推了他一下，陳妄還沒動，她反而被燙到似的收回手，也不知道怎麼莫名其妙就不好意思了，耳根到臉頰緋紅一片，長睫烏壓壓地壓下去，低聲囁嚅：「你這人怎麼這樣。」

看起來委委屈屈的。

「我哪樣了，」陳妄直起身來，有點無奈地笑了一下，「我又欺負妳了啊？」

孟嬰寧抿著唇，有些艱難地說：「你又不是沒水喝，不是還有挺多女生送給你。」

「嗯？」陳妄略側了一下頭，「我不是沒喝嗎。」

小少女唇邊不易察覺地微翹起來一點，眨眼又抿成一條平直的線。

她不理他，垂著小腦袋沉默地蹲下身去湊到地上那堆水旁邊，扯大了塑膠包裝的口子，從裡面抽出一瓶礦泉水，又走回來。

孟嬰寧的肩膀提起來又落下，直接把水瓶一把塞進他懷裡，也沒說話。

球場上裁判哨聲響起，有同班的隊友來找陳妟：「妟哥，我剛剛跟老陸商量了一下，下場比分拉開，時間拖住，他們替補少……」說了半天陳妟看都沒看他，男生話頭停住，順著他視線一扭頭看見站在旁邊的孟嬰寧。

國中部的小校花，在高中部這邊偶爾也有人提起，再加上她跟陸之州和陳妟關係好，兩人偶爾中午帶著她一起去吃個飯，時間久了大家和她也熟了，小妹妹長得漂亮，又特別可愛，平時碰見了都愛逗逗她。

男生手搭著陳妟的肩膀，又看了他手裡的水一眼，挑眉：「妹妹，來送水給妳陳妟哥哥了？行啊，還知道對哥哥好。」

孟嬰寧愣了愣，急忙撇清關係：「不是，不是給他的，我買給大家的，哥哥你也喝。」

「好，謝謝嬰寧妹妹，等一下幫我們加油啊。」男生笑瞇瞇地拍一下她的腦袋，轉身走了。

孟嬰寧長長地出了口氣。

等他走後，陳妟低頭看了手裡的水一眼，笑了笑：「不是給我的啊？」

孟嬰寧一頓，彎腰將被抽走了兩瓶的那堆水挪到椅邊靠牆，悶頭道：「我才不送水給你。」

她不看他，只是低著頭，聲音也沒什麼力度，軟糯糯的：「你想得美。」

年少的時候做什麼事情都可以輕而易舉的拚盡全力，一場籃球賽也能讓所有人都投入無限的精力與熱情。

最後一場比賽打得很精彩，孟嬰寧嘴上說得挺英俊帥氣的，真的比賽開始的時候依然整個人恨不得扒在欄杆上，喊加油喊得嗓子啞到冒火，後來連喝了三、四天止咳糖漿。

最後半場完全是陳妄的個人秀。

他平時不是很愛現的性格，只是他打前鋒，對面上來前顯然也是有準備戰術的，陸之州打後衛被對方封得死死的時候陳妄屢次突破，兩個很漂亮的灌籃伴隨著「哐當」一聲響徹場館，球砸進籃框，直接把整個球場的氣氛拔到了最高潮，隊友的氣勢頓時全都提起來了。

比分被拉著一路猛追，倒數五十幾秒的時候都在不斷向上咬。

最終還是陳妄和陸之州配合著一個快傳跳投壓哨贏了比賽，歡呼聲中陳妄回過頭看見孟嬰寧站在旁邊開心得上躥下跳，像隻手舞足蹈的小猴子。

陳妄仰著頭笑了一下，扯著球衣下擺拉上來抹了把汗，少年的腰腹勁瘦有力，肌肉的線條很漂亮。

再一抬頭，視線隔著小半個球場對上。

上一秒還在嗷嗷叫的小猴子瞬間就沒聲了，孟嬰寧嚇得連祝賀陸之州都顧不上，紅著臉扭頭就跑，速度快得陳妄都沒反應過來。

後來一連幾天，陳妄都沒看見孟嬰寧。

在學校一個在國中部一個在高中部，不常碰見倒也正常，回家以後，明明上一秒還在院裡跟別人說話，看見他進來轉頭就鑽進屋子裡了。

這就很明顯了。

這麼連著幾天，連陸之州都看出端倪了，好笑地問他：「你又欺負她了？」

陳妄覺得他這話問得讓人不是那麼痛快：「我還能沒事閒著天天欺負她？」

陸之州回憶一下，點點頭：「你小時候不就是啊。」

陳妄：「……」

陸之州想了想，又道：「不過她現在倒是挺依賴你的，」他假模假樣地嘆了口氣，「我把她從小拉拔到大，竟然比不上一個小時候欺負她的。」

陳妄看不出來孟嬰寧哪根頭髮依賴過他，明明一看見陸之州就撒了歡地往上湊，見著他扭頭就跑倒是真的。

他不是個特別有耐心的人，但那時高三了，沒時間到處抓這小孩，只是每天看著她走到哪躲到哪急匆匆閃走的後腦勺和跟條小尾巴似的一搖一擺的馬尾，看了煩。

兩人再對話還是因為孟嬰寧被人告白。

對象竟然還是上次那個揪著領子撲騰，放下還沒他一半高的中二小校霸。

陳妄發現這小屁孩還是有可取之處的，至少執著，還不怕死。

那時候小孩都流行玩一種小遊戲機，養寵物的，很小的一個圓形的小機器，裡面一個電子小寵物，每天幫它餵食洗澡，還要陪它玩。

孟嬰寧也有一個，還是陸之州買給她的，小女孩走了好幾家店，特地挑了個花裡胡俏的粉色，好像還是什麼限量版。

她在裡面養了隻小貓。

陳妄看見的時候，小校霸手裡正拿著孟嬰寧粉紅粉紅的小遊戲機，對著旁邊人工湖做了個拋遠的手勢，威脅道：「孟嬰寧，妳要是不答應做我女朋友，我就把這個扔了！」

陳妄：「……」

孟嬰寧頓時緊張了，她不安地看了自己的小遊戲機一眼，吞了吞口水，抬手忙道：「你別衝動啊，有話好好商量。」

小男生：「沒什麼好商量的，妳答不答應，不答應我現在就扔了！」

孟嬰寧大驚失色，還在跟他講道理：「你不能這樣的！女孩子不可以這樣追，強扭的瓜不甜，你就算這樣我們也不會幸福的呀。」

小男生：「妳不喜歡我嗎？」

孟嬰寧不太擅長直接拒絕別人，又不想傷了他的感情：「我不是不喜歡你，」她小心斟酌著開口，「我只是，有喜歡的人了……」

陳妄愣了愣。

這片刻的功夫，不遠處的小男生怒喝一聲，把手裡的遊戲機扔了。

等陳妄反應過來，那東西已經在空中劃過一道粉色的長弧，啪嗒一聲掉進了人工湖裡。

小男生轉身跑了。

孟嬰寧呆住了。

她從小就是個嬌氣包，特別愛哭，長大以後好多了，至少陳妄沒再見她哭過。

這時大概是因為沒人，小女孩眼眶一紅，聲音嗚咽，一下子就哭了：「嗚嗚嗚我的咪咪，我的咪咪沒有了……」

陳妄：「……」

陳妄心道：沒出息的完蛋東西。

取的都是什麼破名字？

那邊，孟嬰寧把書包放地上，抹了把眼淚，就往人工湖那邊跑，跑到岸邊，坐在沙地上脫掉鞋子，拽著白襪子往下拉。

陳妄面色一沉，趕緊快步過去，一把扣住她的手腕，往後扯了扯：「妳幹什麼？」

少年神色陰沉，聲音很冷，語氣還凶巴巴的，嚇了孟嬰寧一跳，腳趾頭踩在沙地上縮了縮。

反應過來以後，小女孩眼眶又紅了。

「陳妄……」她可憐地喊他。

陳妄沒說話。

孟嬰寧顧不上別的，她委屈死了，看見陳妄以後覺得更傷心，帶著哭腔跟他告狀：「陳妄，我的咪咪沒有了，被討厭鬼扔掉了。」

「因為我不喜歡他。」

「他就把我的咪咪扔了。」

「他怎麼這麼討厭，男生怎麼這麼討厭！」

孟嬰寧越說越難過，仰著小腦袋哭著對他道：「別人都有咪咪！只有我沒有！我以後都沒有咪咪了！」

陳妄：「……」

這名字他聽得太陽穴直跳，陳妄沉默半晌，艱澀地說：「妳以後還會有的。」

孟嬰寧白嫩的小腳在沙地上跺了一下，悲痛欲絕：「沒有了！我不會再有了，我養了那麼長時間！」

孟嬰寧悽愴強調：「還是限量版！」

說完，她又開始掉眼淚。

陳安不知道要怎麼安慰眼前這個痛失愛寵的小孩。

他嘆了口氣，放開她：「先把鞋穿上。」

孟嬰寧聽話地坐在地上，抽抽噎噎地把腳丫子上沾著的沙粒一點點抹掉，套上白襪子。

再慢吞吞地踩上鞋。

整個過程，陳安難得耐心地在旁邊看著。

穿完，陳安瞥了她一眼：「走吧。」

孟嬰寧用手背揉了揉眼睛，不捨地回頭看了人工湖一眼，跟在他屁股後頭往回走。

兩個人並排沿著路邊走，孟嬰寧這時候回過神來了，只覺得自己剛剛也太丟臉了，垂著頭不說話。

陳安垂垂眼：「那小孩，哪個班的？」

孟嬰寧搖頭，聲音低落：「不知道。」

陳安看不得她這樣，「嘖」了一聲：「好了，有點出息，妳都多大了還玩那東西，明年不是要考高中了？妳去問問現在的小學生還玩不玩那小破遊戲機。」

孟嬰寧抬起頭來，很不開心地看著他：「那不是小破遊戲機，我考試也都考很好。」

陳安抬手，敲她的腦袋一下：「小孩。」

「我才不小，我過完生日就要十四歲了，你也只比我大四歲。」
「我十四歲的時候也沒玩那破東西。」
「那不是破東西，是我的咪咪，你們男生就是很討厭。」
陳妄懶得理她，把人送回家，在院門口停了停，轉身又出去，折回學校那頭。
附中附近有五家文具店。
陳妄一個個進去問了一遍，又空著手出來。

陸之州覺得今天的陳妄跟平時不太一樣。
整個早自習，這人就坐在座位上，翹著腿轉筆，還轉一下掉一下，啪嗒啪嗒，仰頭靠著牆發呆，不時皺皺眉，有點煩的樣子。
偶爾幾次兩人的視線對上，陳妄忽然直了直身子，看著他。
陸之州一副「你說吧我聽著」的表情。
三秒鐘後，陳妄若無其事地移開視線，重新靠回去。
就這麼好幾次，一直到下午自習課，陸之州在幫人講解題目。
兩個男生搬著椅子坐到他們這桌，看似在講題，其實在八卦。
「妄哥今天怎麼了？」

「看起來有點深沉呢。」

其中一個轉頭看向陸之州：「你們吵架了？」

陸之州有點無奈：「你覺得我看起來像是會跟人吵架的人？」

「也是，」男生點點頭，又問，「那你搶他女朋友了？」

陸之州一言難盡地看著他，還沒說話。

陳妄轉筆的動作停了。

三個人停止八卦，齊刷刷扭過頭來。

陳妄緩慢地直起身來，手裡的筆往桌上一放。

他的聲音不似少年人的清朗，偏低，天生的低音帶著冷感：「陸之州。」

陳妄微側著頭，唇線抿著，神情冷沉的，略有不耐：「我問你。」

陸之州被他這副架勢弄得愣了愣：「怎麼了？」

其餘兩個人看看這個，又看看那個，不敢說話。

氣氛凝固。

劍拔弩張。

陳妄沉默片刻，平靜地問：「你那個限量版的粉紅咪咪，哪裡買的？」

陸之州：「……」

陸之州不知道為什麼，咪咪這麼個被大多數貓咪所擁有的，非常大眾化的名字這時候聽起來怎麼聽怎麼怪。

他一時間不明白陳妄在說什麼，愣了愣：「什麼粉紅咪咪？」

「就是你買給孟嬰寧那個破寵物遊戲機。」

「啊。」陸之州恍然。

孟嬰寧那個電子小寵物貓，好像確實叫咪咪。

孟嬰寧特別喜歡貓咪，小學時不知道從哪裡撿回來一隻小野貓，髒兮兮又花花俏俏的，長得跟小豹子似的。

那貓性子野到不行，在她懷裡喵喵叫著撲騰，白嫩嫩的手臂上被抓出一道道紅痕，有兩道特別深的往外滲著細細的血珠，小女孩疼得眼眶都紅了，還抱著不放手，淚汪汪跑回來，要養。

「牠太小了，別的貓都欺負牠，牠打不過。」孟嬰寧忍著疼硬是沒讓眼淚掉下來，吸吸鼻子，「要保護牠。」

孟母看著自家女兒的手臂心疼到不行，不讓她養：「寧寧！妳快點把牠放下！野貓身上全是細菌！」

說著，那貓受驚似的喵喵叫著又是一爪子抓在她手背上。

孟嬰寧疼得整個人一縮，紅著眼噘著嘴，固執地重複：「寧寧要保護牠。」

那時大家都知道她是什麼樣，平時看起來安安靜靜的特別乖巧，真的弄哭了幾個小時都哄不好，都不敢惹她。

也只有陳妄，剛搬過來沒多久，又是那麼唯我獨尊不管不顧的性子，兩步走過去一手拽著那貓的後脖頸拎起來，另一隻手按住不停抬手搶的孟嬰寧。

陳妄無視手下一大一小兩隻的掙扎，垂眸掃了小女孩手臂上的傷一眼，回頭看向孟母：「阿姨，您帶她去打個針。」

孟母連忙應聲。

最後孟嬰寧再也沒見過那隻貓，後來聽說被陳妄送到不知道哪裡去了，孟嬰寧連哭了三天。

揪呆毛之仇又加上奪貓之恨。

小時候她可討厭死陳妄了。

真的貓沒養成，陸之州買了個小電子寵物貓咪給她，她高興了好多天，早早就取好了名字，叫咪咪，天天固定時間幫她的電子寵物餵食，還陪它玩。

陸之州反應過來，有些莫名：「那個學校附近的文具店現在都有賣吧，我就在學校對面那家買的啊，怎麼了？」

陳妄皺眉：「那個不是什麼限量版？」

陸之州頓了頓，還有點詫異：「這東西真的有什麼限量版？」

陳妄一頓，抬眼：「你騙她的？」

「我也不是故意騙她……」不知道為什麼，陸之州被他的眼神看著莫名其妙有種心虛的感覺，他尷尬解釋道，「好吧，她那個時候想要紫色的，但是那家店賣完了，我就跟她說粉紅色這個比紫色的好看，還是限量版的，以後可能都買不到了。」

陳妄：「……」

「我看她還挺喜歡那個的，」陸之州摸摸鼻子，「怎麼了，你怎麼突然問這個？」

「沒，」陳妄重新撿起筆，筆尖在桌面上戳了兩下，漫不經心，「是挺喜歡的。」

兩個來聽陸之州講解的男生完全茫然地聽著他們之間的對話，湊過頭來，神祕兮兮問：「你們說的是那個嗎？」

陳妄眉一挑。

男生壓低了聲音，興奮道：「就那個，那種，帶顏色的，這樣那樣嗯嗯啊啊的東西，有嗎？我也想看。」

陳妄把他的考卷扯過來看了一眼，嗤笑：「就你能考出這個分數的智商，你能看懂嗎？」

男生也不在意，把考卷接過來，「妄哥，怎麼還人身攻擊呢，我這個分數是我高中三年來考得最好的一次了，看見沒有——」他指著卷子上頭鮮紅的兩個數字，鏗鏘有力底氣十足，「八十二！突破了八十大關！我媽昨天看見這分數都感動到喜極而泣了你還有什麼不滿足？」

陳妄不理他，站起來往教室外走。

八十二在後面喊他：「去幹什麼啊哥！晚自習不上了啊？」

走廊有女生跟朋友說笑著站起來，陳妄側了側身，手肘微側了一下，碰掉了那女生桌邊放著的水杯。

白色的陶瓷水杯應聲掉在大理石地面上，清脆一聲，摔成幾片。

女生「啊」了一聲，哭喪著臉：「我的杯子。」

國中部。

孟嬰寧昨天永遠的失去了她的寵物貓，今天整個人有點萎靡，一整天沒什麼精神，午飯都沒吃幾口。

放學鐘一響就被隔壁桌同學拽著跑到學校旁邊文具店。

放學的時間，裡面擠滿了學生，孟嬰寧站在店門口等著同學在裡面挑筆，想了想還是走進去，指著櫃檯上擺著的幾個橢圓形的小遊戲機，不抱希望地側頭問：「叔叔，您家有粉紅色的這個嗎，是限量版。」

老闆沉默了一下，心道這東西原來還有限量版？

頓了頓，說：「粉紅色的有，還剩最後一個了。」

孟嬰寧眼睛一亮。

老闆繼續道：「剛被一個男生買走。」

「……啊。」孟嬰寧心如死灰。

等同學挑完筆，兩個人走出文具店，一起往車站的方向走。

公車站在學校另一頭，要折回來走一段，路過校門口的時候孟嬰寧看見陳妄。

他沒跟陸之州在一起，旁邊是個女孩子。

女生穿著高中部的校服，長長的頭髮綁起來一半，燙著很漂亮的捲，微側著頭在說話，側臉很好看，唇角翹著，很愛笑的樣子：「你怎麼買了粉紅色啊，我覺得粉紅色不是很好看。」

她懷裡抱著個透明盒子，裡面是一個精緻漂亮的陶瓷杯。

陳妄沒說話。

放學時間，高三生晚上還要上晚自習，他們逆著人群出來的方向走到校門口，又進去。

女孩還在說話，聲音漸遠。

孟嬰寧收回視線。

隔壁桌也跟著看過去一眼，頭湊過來：「欸，剛剛那個是不是妳青梅竹馬的哥哥啊，就是凶巴巴的那個，叫陳妄的。」

孟嬰寧側頭：「妳知道他呀。」

隔壁桌點點頭：「他在我們學校也挺有名的啊，高中那邊應該更有名，」隔壁桌壓低聲音，羨慕道，「旁邊那個是他女朋友嗎？好成熟啊，看起來好漂亮，跟我們這種幼稚的小屁孩好不一樣，是我我也喜歡這樣的啊。」

孟嬰寧愣了愣：「可能是同學呢？」

「怎麼可能，」同學揚揚下巴，遠遠看著那邊說，「妳看見她的眼神沒？藏都藏不住，特別明顯，她肯定是喜歡妳的竹馬哥哥啊！」

「哦，」孟嬰寧乾巴巴地說，「我沒聽說他有女朋友。」

「瞞著唄，這可是早戀啊，哪能被人知道。」

孟嬰寧沒說話，悶頭扯著她往車站方向走：「快點回家吧。」

陳妄和陸之州下了晚自習回來的時候，孟嬰寧正在家裡寫作業。

最後一道數學題寫了一半，桌上手機震了一下。

陸之州和陳妄高三以後孟嬰寧放學只能自己回家了，孟母不放心，買了一個小手機給她，方便聯繫。

孟嬰寧放下筆，拿起手機看了一眼，號碼沒存過，內容只有兩個字：『出來。』

她拿起手機站起來，伸著脖子往窗外看了一眼。

陳妄站在院子裡，低垂夜幕中，他微仰著頭，正看著她的窗。

視線對上，陳妄唇角懶洋洋一扯，抬手朝她勾了勾。

孟嬰寧縮回頭，垂頭重新看手機螢幕，按著鍵慢吞吞地打字：『不要。』

呵。

膽子肥了。

陳妄走到樹下，垂頭按手機。

『出不出來？』

『不要。』

『快點，聽話。』

『誰要聽你的話，神經病。』

『妳那破遊戲機，還要不要了？』

孟嬰寧一頓，忍不住蹬蹬蹬又跑到窗邊去。

陳妄靠著樹站，就這麼看著她鑽出窗簾，扒著窗臺伸長了脖子小心又謹慎地、偷偷摸摸地往外看，烏溜溜的大眼睛眨呀眨，鼻尖貼在玻璃上，壓得有點變形，又好笑又可愛。

少年低笑出聲。

孟嬰寧猶豫一下，還是出去了。

院子正中央巨大榕樹上掛著小燈串，光線細碎而暗，陳安靠著樹站，手裡把玩著什麼東西，有些漫不經心。

孟嬰寧慢吞吞地走過去，語氣很差：「幹什麼呀。」

陳安食指勾著繩子伸過去，手裡的東西垂在她眼前。

粉紅色的橢圓形小遊戲機，已經被打開了，裡面是一隻黑白電子小貓，乖巧地蜷縮在小小的方形螢幕裡。

孟嬰寧的眼睛瞬間亮了，剛想去拿，手抬了抬，又收回去。

陳妄勾著手指在她眼前晃了晃：「不要啊？妳的限量版，」他懶洋洋地說，「就這麼個破東西，老子跑了六、七家店。」

他說著自己笑了，自言自語似的低聲說：「真是服了……」

孟嬰寧抿起唇看著他，聲音小小的：「給我的嗎？」

「嗯，還有誰能喜歡這麼幼稚的東西，」陳妄逗她，「也只有妳這個小朋友。」

這麼幼稚的東西。

小朋友。

——你怎麼買了粉紅色啊，我覺得粉紅色不是很好看。

——旁邊那個是他女朋友嗎？好成熟啊，跟我們這種幼稚的小屁孩不一樣。

孟嬰寧沒接，她後退一步垂下頭，低聲說：「我不要這個。」

「嗯？」

「我不想要這個了，我又不喜歡粉紅色，」孟嬰寧深吸一口氣，依然低著頭，不看他，「我昨天不開心是因為我的那個是之州哥哥買給我的，結果被我弄丟了，我怕他不高興才不開心的。」

陳妄頓住，略挑起的唇角一點一點放得平直。

孟嬰寧語速很快地繼續說：「既然不是之州哥哥買給我的那個，那我也不想要了，不要也沒關係，反正不是什麼重要的東西。」

陳妄沉默片刻，緩慢開口：「不重要？」

孟嬰寧硬著頭皮悶聲道：「我又不喜歡，這麼幼稚的東西誰會喜歡玩，我才不要你買的，你給別人吧。」

半晌。

陳妄笑了一聲，聲音很冷：「好。」

他淡道：「不要我扔了，妳找陸之州買給妳。」

孟嬰寧一股氣莫名地也跟著上來了：「扔就扔，跟我有什麼關係。」

陳妄轉身就走，路過垃圾桶旁邊隨意一抬手。

哐當一聲，塑膠的遊戲機殼子撞著鐵皮垃圾桶咕嚕嚕滾下去，無聲地跌進垃圾裡。

少年的背影匿進夜色。

他頭也沒回。

孟嬰寧站在原地咬著嘴唇，抬手，狠狠地抹了把眼睛。

那時候，十七、八歲的少年大概都喜歡這樣的女孩。

頭髮會燙成好看又精緻的捲，上學綁起來的時候髮梢翹翹，看起來成熟又活潑，她們一定很喜歡笑，笑起來很好看，說起話來語速平緩，聲線溫柔。美麗大方，卻從來不張揚。

不喜歡什麼小女孩才會喜歡的粉紅色。

也不玩小學生都不玩的養寵物的小遊戲機。

孟嬰寧在原地站了一陣子，發呆似的兩隻眼直勾勾盯著不遠處那個垃圾桶。

視線有點模糊，她抬起手，又用手背很重地抹了下眼睛，低垂下頭。

真煩人。

陳妄真煩人。

她忍不住吸了吸鼻子，轉身往家走。

走到一半，孟嬰寧的腳步忽然停住了。

她蹲在地上，頭埋進臂彎裡，抱著膝蓋蹲了一下。

大院裡寂靜，旁邊誰家和誰誰家的燈亮著，窗大開，隱隱約約能聽見一點說話聲。

孟嬰寧站起身，扭頭走到垃圾桶旁邊。

小遊戲機安靜躺在一堆半腐爛的青菜葉子裡，在黑暗裡是很深的暗紅色，像朵開敗的玫瑰。

她彎下腰，半顆小腦袋幾乎要伸進垃圾桶裡，手伸過去，指尖輕輕的，小心翼翼地碰了碰它。

孟嬰寧收回手，直起身來垂著眼，低聲嘟囔：「我才不要這個。」

孟嬰寧轉身回家。

家裡客廳的燈開著，孟父、孟母今天和朋友出去吃飯，還沒回來，她踢掉鞋子，將鑰匙放在桌上，扭頭拉開電視櫃的抽屜。

老舊的實木製古電視櫃，抽屜一拉開，裡面有很淡的木頭味。

孟嬰寧從裡面翻翻找找，最後翻出一個捲髮棒，又搗鼓了一堆東西出來，抱著進了洗手間。

她將懷裡的一堆東西放在洗手檯上，馬桶蓋放下，坐在上面細細端詳著洗手檯上面那一堆破爛。

先拿起了捲髮棒。

孟嬰寧猶豫片刻，站起來走到電源旁邊，將捲髮棒的電線拉開，插上，回憶一下孟母是怎麼用的。

她拿著黑色的塑膠把手那端，另一隻手拽了拽自己的頭髮，拉掉髮圈，扯了一綹出來，動作緩慢又笨拙地往金屬的橢圓形棒身上面纏。

捲髮棒上的金屬片慢慢升溫，滾燙，孟嬰寧別著手，動作彆扭扭地捏著頭髮，纏到最末端，她想把頭髮從上面摘下來，腦子裡也不知道在想些什麼，指尖結結實實地捏在捲髮棒的金屬片上。

燒灼的痛感頓時襲來，孟嬰寧的手猛然一縮，捲髮棒應聲而落，清脆一聲掉在洗手間的瓷磚地面上。

她回過神來，垂眸去看，拇指和食指很迅速的紅了，指腹處的皮膚鼓起來，燙出兩個小小的水泡。

孟嬰寧紅著眼，輕輕哈出一口氣。

指尖火燒火燎的燙著，像是燃燒著兩簇火苗，疼得讓人發顫。

「後來那個捲髮棒不是被摔壞了嗎，我還記得孟姨拽著嬰寧耳朵在院門口訓她，也是奇了，」二胖笑道，「我們這裡出了名的死要面子小哭包被當著大家的面那麼訓，那次竟然一滴眼淚都沒掉，孟姨還以為她不服氣，被氣得不輕。」

麻將從下午打到晚上，餓了，一幫人鬧哄哄嚷嚷著吃點新鮮的，最後跑到路邊攤去吃烤肉串。

酒足飯飽，開始聊天，都是從小到大相熟的人，你家和我家隔扇窗，說起小時候的黑歷史來那可真是太多了，能滔滔不絕講上一整晚。

二胖把啤酒瓶往小方桌上一放，他喝酒上臉，連眼皮都是紅的，嬉皮笑臉湊過來：「狐狸，現在會捲頭髮了嗎？」

這時候是晚上十一點，孟嬰寧有點睏，靠在座位裡，手裡拿著串蜂蜜烤吐司慢吞吞地吃，聞言看了他一眼，拖腔拖調地說：「不會呢。」

二胖笑倒：「妳說妳們那時的女孩子都是什麼審美呢，還偷偷拿媽媽的捲髮棒捲頭髮，多顯老，還是妳這黑長直好看。」

因為白天吃飯換座的事，林靜年現在太煩他了，一整天光聽這個人在耳邊講話，她坐在旁邊吃了一串羊肉串翻了個白眼：「你懂個屁，那個時候就是流行大波浪，女孩子都喜歡。」

孟嬰寧笑著咬了口吐司，小雞啄米似的點頭：「是的是的，流行呢。」

二胖努力地回憶了一下，一想，好像還真的是這麼回事：「我記得那時的女生確實都流行這個髮型，現在一想，覺得老，但當時好像還真的覺得挺好看。」

二胖沉吟：「男生也都喜歡，學校裡有哪個女生髮型花花就覺得特別成熟好看，也新鮮。」

孟嬰寧專心地吃吐司，眼都沒抬。

二胖忽然興奮：「尤其陳妄，特別喜歡，路過看見個大波浪他都得多看人一眼妳知道嘛。」

二胖還記得那時他還問過陳妄：「怎麼了妄哥，喜歡成熟型的啊，看得這麼入神？」

陳妄當時挺淡定的，不知道想起什麼，還笑了一聲：「看看這破頭有什麼好捲的。」

少年情懷總是詩，傲嬌嘛，喜歡的從來不會承認的，二胖都懂。

他這邊說得起勁，孟嬰寧吃得更起勁，手裡串吐司的竹籤一扔，又伸手拿了一串，咬著點點頭，嘆了口氣道：「我可太知道了。」

陸之桓生日這天晚上眾人瘋到凌晨。

凌晨兩點，陸之州接到二胖電話，聲音虛弱，還喘著粗氣：『之州……哥。』

他剛叫了一聲，那頭一陣鬼哭狼嚎：『想你——時你在——哪裡！』

陸之州愣了愣：「這是幹什麼？」

二胖咬牙道：『你弟弟太他娘的煩人了，我這邊任務繁重，要忙不過來了，哥你睡了嗎，沒睡能不能過來一趟把他弄走，睡了能不能爬起來把他弄走——這個傢伙發起酒瘋來簡直是——』

二胖的聲音被陸之桓的怒吼聲打斷：『想你——時你在——天邊！』

二胖：『我天你媽邊！你他媽鬆開我！』

緊跟著，林靜年的聲音也從電話裡傳來：『狐狸！媽媽的大寶貝！』

陸之州：「……」

等陸之州到的時候已經是半個小時後，找到包廂，他推門進去。

偌大一個包廂裡全是酒精混著菸的味道，烏煙瘴氣雲霧繚繞，點歌機裡還放著歌，螢幕很亮。

林靜年正拿著個麥克風站在檯子上尖叫著一展歌喉，嗨到破音。

陸之桓和孟嬰寧靠在一起，要睡不睡地縮在門邊沙發裡，孟嬰寧的手揍在陸之桓的臉上，高跟鞋踢到一旁。

聽見聲音，她睜了睜眼，看見站在門口的陸之州。

孟嬰寧抬手，啪啪搧了陸之桓兩巴掌，特別響亮：「陸二狗，你爸爸來了。」

陸之桓沒反應。

孟嬰寧又搧了他兩巴掌，扯著他的耳朵湊過去，神祕兮兮地、一字一頓地重複：「陸二狗——你爸來了——」

陸之州：「……」

陸之州嘆了口氣，扭頭看向二胖：「你們這是作什麼？」

二胖這個晚上可累死了，看見他跟看見天神下凡一樣：「喝了四場，就都這樣了，我是真的服了，趕緊把你弟帶走吧，這個酒瘋他媽的大，還撓我，他是女的吧。」

二胖指指旁邊的孟嬰寧和跳著唱歌的林靜年，「我這裡還有兩個。」

又指指對面沙發橫著疊在一起的兩個人：「那邊還有兩個，我真的控制不了了，我叫陳妄哥過來了。」

陸之州看了二胖臉上的紅痕一眼，同情地點點頭：「好，我帶兩個吧。」

他走到沙發旁，俯身看著孟嬰寧：「寧寧，回家了？」

孟嬰寧涼涼瞥了他一眼，跟沒聽見似的，又重新扭過頭去，拽著陸之桓的耳朵往上扯，湊到他耳邊特別大聲：「二狗——二狗！」

陸之桓被震得皺眉，捂著耳朵難受得直哼哼。

「就這樣，我跟她說話也沒用，」二胖欲哭無淚，「平時挺乖的小丫頭，喝醉了怎麼還叛逆上了呢。」

他正說著，陳安推門進來。

他進來的時候孟嬰寧整個人還騎在陸之桓身上，兩隻手扯著他的耳朵往外揪，把人揪得像隻小飛象。

陳安：「……」

陳安的臉都黑了，掃了整個包廂一圈，轉頭看向二胖：「這他媽喝了多少？」

二胖都要喜極而泣了：「陳安哥！」

那頭孟嬰寧一頓，慢吞吞地轉過頭來。

女孩小臉紅撲撲的，歪著腦袋看了他一眼，頓兩秒。

陳妄沒動。

孟嬰寧若無其事地扭過頭去，繼續虐待陸之桓，一巴掌拍在他腦門上，開始哭：「嗚嗚嗚陸二狗，你死得好慘。」

孟嬰寧開始角色扮演，忽而抹一把眼淚，慢條斯理地說：「你放寬心，你雖為閹人，但本宮會把你葬入皇陵，讓你享受皇家待遇，你生前對陛下如此忠心耿耿，本宮必不會虧待你。」

孟嬰寧認真地想了想：「本宮就賜你一個，常伴先帝左右。」

「……」

陳妄真的是服了。

陳妄踹開腳邊的空伏特加瓶子，直接走過去，一句話也沒說，拎著孟嬰寧把她從陸之桓身上扯下來。

孟嬰寧不依，手扒在沙發邊掙扎。

陳妄把她提起來，拎貓似的拎到面前，聲音很冷，帶著警告：「孟嬰寧。」

孟嬰寧安靜下來，抬起眼，看著他。

男人的眼漆黑，眼窩很深，眼裡有很細微的紅血絲，帶著不易察覺的疲憊。

孟嬰寧表情平靜，慢吞吞地抬起手，白嫩嫩的小手停在男人稜角分明的臉側，略微懸著，距離很近，像是下一秒就要撫摸上去。

陳安一頓。

下一秒，孟嬰寧一巴掌搧在他臉上。

清清脆脆，啪的一聲，還挺響。

陳安被搧得頭小幅度往旁邊偏了偏。

二胖：「……」

陸之州：「……」

陳安就這麼定格了兩秒，然後緩緩轉過頭，面無表情地看著她。

孟嬰寧被他提著，但氣勢並不減，下巴一揚，睨著他，吐字帶著濃郁的酒氣：「狗奴才。」

「誰准你直呼本宮名諱？」孟嬰寧高貴冷豔地說。

第六章　不能不疼

見陳妄沒反應，孟嬰寧不樂意了，踢了他一腳，冷聲說：「本宮跟你說話你沒聽見是不是？」

「你還敢提著本宮？」孟嬰寧高聲喝道：「放本宮下來！」

女孩的鞋子早就踢掉了，歪歪扭扭躺在沙發旁的地上，光著的腳丫子屈膝蹬在他腿上，腳趾圓潤可愛，點歌機大螢幕的光線下，細瘦的腳顯得冷白，和黑色的褲子形成鮮明的色差對比。

隔著褲子硬質的布料，陳妄感覺到腿上柔軟的壓力，帶著些微溫度。

不等他說話，孟嬰寧頓了一秒，恍然回神，手指落在他眉骨上，緩緩往下滑。

她的體溫被酒精醺得有些高，指尖帶著溫度摸過高挺的鼻梁，又落在淡色唇瓣。

孟嬰寧順著他順便摸到唇角，視線長久地凝著，喃喃說道：「本宮倒是忘了，你是個啞巴，是條吠不出聲的狗。」

二胖看著陳妄的臉色，有些擔心了，生怕陳妄下一秒直接把手裡的女孩掄出去。

他舔了舔嘴唇，抬手一把抓住旁邊陸之州的手臂，小心翼翼地說：「陳妄哥，狐狸喝多了，你別理她。」

孟嬰寧還沉浸在自己的世界裡，摸著他的唇角恍惚道：「好好一個俊俏的奴才，是個閹人就算了，竟還是個啞巴。」

陳妄面無表情，終於開口：「妳在說什麼？」

孟嬰寧的手轉搭在他脖頸上，搖頭晃腦地湊近，居高臨下睃起眼：「你這奴才真是放肆，本宮堂堂皇后什麼不能說？還輪得到你一個沒把的教訓我？」

原本是陳安拎著她，這時她的手臂往他脖子上一勾，兩條腿抬起來，整個人主動扒在他身上掛著往上竄。

女孩從耳根到眼角都是紅的，杏眼迷茫瞇著，目光有些散，朦朦朧朧地，小腦袋前前後後不自覺的晃，身子軟得竄上去以後又無意識地往下掉。

不是裝的，是真的醉了。

陳安不想跟一個小醉鬼計較，手臂橫過來換了個動作抱著她，好讓她別掉下來。

孟嬰寧調整一個舒服的姿勢，豎起一根手指垂眸看著他：「本宮想……」

話還沒說完，孟嬰寧忽然頓住，單手摟著他的脖子，小嘴微張，正正對著他的臉，安靜了幾秒鐘。

然後朝著他打了個響亮的酒嗝：「嗝——」

陳安：「……」

陳安眼皮子一跳，緩緩閉上眼。

昏暗的光線中，二胖看見陳安腮幫子微動，後槽牙咬著磨了磨，額角的青筋清晰地蹦了兩蹦。

二胖膽戰心驚，左思右想，為了孟嬰寧的生命安全，還是勇敢的往前走了一步，顫顫巍巍開口：「陳安哥，要不然狐狸還是給我吧……」

陳安睜開眼，笑了一聲。

陳安的聲音冷得好似地獄裡爬出來的惡鬼，每一個字都像是從牙縫裡擠出來的：「娘娘想幹什麼？」

二胖打了個哆嗦。

孟嬰寧的下巴抵在他肩膀上，歪著腦袋安靜想了一下，慢吞吞地說：「娘娘想，吃桃子。」

陳安把她脫掉的高跟鞋踢過來：「好，娘娘回家吃桃子。」

孟嬰寧下巴從他肩膀上移開，抬起頭來，忽然看著他說：「你為什麼不問娘娘為什麼想吃桃子？」

陳安單手抱著她，另一隻手空出來從沙發角落抓起她的包，隨口配合道：「為什麼？」

孟嬰寧來了興致，腳丫子晃兩下，興高采烈地說：「因為陳安那個王八蛋桃子過敏！」

陳安：「……」

陳安剛撿起來的包被一把摔在沙發上。

二胖連忙卑微的小跑過去，把包撿起來雙手捧上遞過去：「算了安哥，安哥算了算了。」

陳安深吸口氣，扯過包抱著人大步往外走，聲音冷硬：「我送她回家。」

二胖心道你確定你是送她回家，不是送她上路嗎？

二胖嘆了口氣，撅著屁股從地上撿起孟嬰寧的高跟鞋，屁顛顛的追在他屁股後面跑出去了：

「鞋！陳安哥鞋！」

孟嬰寧本來沒打算喝多少的。

她以前酒量很差，後來總跟陸之桓和林靜年混在一起，時間長了也練出來一點，不至於喝點就醉得不省人事，但也不算太好。

畢竟基因和底子擺在那裡。

不能喝就是不能喝，酒量能練出來倒是不假，但只要不是往死裡練，最多也就只能從「不能喝」變成「能喝點」。

唯一一點好的是，她基本上喝醉以後第二天醒過來不會特別難受，也不怎麼斷片。

唯一一點好……

上午十點多，孟嬰寧從床上爬起來。

她先是茫然地坐了一陣子。

然後看了一圈，她家是剛裝潢的，風格簡約，白窗紗層層疊疊裹著淺灰色的窗簾，床墊又輕又軟，人躺進去能整個陷進去，孟嬰寧睡慣了軟床，從上到下都是她特地挑的，林靜年來睡過幾次，說她家的床軟到讓人腰疼。

確定一下自己確實是在家，孟嬰寧重新靠回床頭，慢吞吞地整理一下昨天晚上發生的事情。

她在燒烤攤啃麵包片。

又去新開的酒吧玩。

最後非常返璞歸真的，一群人去了ＫＴＶ。

然後呢？

然後就沒有然後了。

她跟陸之桓和林靜年梭哈梭到最後三個人都開始神志不清，在有意識的最後時刻本來想睡一覺等酒勁過去一點，結果等來了陳妄。

孟嬰寧想起自己昨天說的話，做的事，嘴唇發白，手指顫抖。

她抬手，拉開床頭櫃抽屜，從裡面掏出一面小鏡子，想看看自己脖子上有沒有差點被掐死的瘀青。

孟嬰寧第一次如此痛恨自己喝醉竟然不斷片，只覺得這真的是王母娘娘玉皇大帝如來佛祖顯靈，才讓她昨天堪堪撿回一條命。

陳妄昨天竟然放過她了。

甚至還把她送回家。

細節的地方想要記得清楚有些強人所難，但到車子開到家門口為止，自己大致說了什麼話她倒是還記得。

之後呢……

之後……呢？

孟嬰寧只記得進門前，她拽著陳妄的衣服袖子哭。

她一邊哭，一邊拽著他，抱著他的手臂，好像哭著跟他說了些什麼，又好像只是很莫名其妙地哭了一場，什麼也沒說。

孟嬰寧感覺自己的心跳停了一下。

她記不得，卻沒由來地覺得有點慌，好像自己說漏了什麼很重要的事情。

孟嬰寧努力地想了一下，只記得影影綽綽的輪廓，像是快睡著的時候迷迷糊糊看的電影，記憶很糊，畫面和聲音都不真實。

女孩子哭得很委屈，縮著肩膀蜷在角落裡哭著和男人說話。

她到底說了什麼？

孟嬰寧慌慌張張地爬下床，她身上還是昨天晚上出去那套衣服，沒換，蓬頭垢面臉上妝也沒卸，孟嬰寧也顧不得，快步走到臥室門口，打開臥室門。

客廳裡靜悄悄的，窗簾沒拉，上午的陽光明晃晃地照進來，整個房子裡只有她一個人。

孟嬰寧本來也不指望會出現什麼「醒酒湯和早餐豐盛地出現在餐桌上，男人背對著她站在廚房裡忙碌」這種下輩子都不可能會存在的畫面，而且她這時顧不得這些有的沒的。

她光著腳在臥室門口，搧陳妄巴掌以及罵他是個沒把的狗奴才的恐懼已經被新的慌亂完全覆蓋了，相比而言這些根本不算什麼。

而且其實非要說實話的話，她並不怕他的，尤其是現在的陳妄看起來實在是，比以前溫柔了不知道多少。

與其說是溫柔，不如說是……

孟嬰寧想起林靜年之前跟她說的話。

——他現在給人那種挺淡的感覺，讓人覺得他對妳沒什麼非分之想了。

——也不是對妳，就是感覺他好像對什麼都挺淡的。

孟嬰寧絕望地閉上了眼睛。

如果她昨晚真的說了些什麼，那不是明明白白的自取其辱嗎？

而且都多少年了，這都過去這麼多年了！

她到底跟他說了什麼！

孟嬰寧找了一圈包包，最後從沙發角落揪了出來，從裡面翻出手機。

昨晚沒充電，手機還剩下最後脆弱的百分之十電量，孟嬰寧回到臥室裡，插上充電器，盤腿坐在地板上，點開陳妄的名字，按到簡訊。

孟嬰寧絞盡腦汁的思考了將近十分鐘，這個簡訊要怎麼打。

要不然裝傻吧，裝作什麼都不記得了。

我昨天晚上發酒瘋了嗎？

麻煩到你了嗎？

吐在你身上了嗎？

我……跟你說什麼了嗎？

孟嬰寧心裡慌死了，她啪一下把手機扣在地板上，猛地站起來。

這個事她必須當面問問陳妄。

陳妄躺在床上，後腦枕著手臂，目光凝在天花板吊燈上發呆。

手機放在手邊床上長久地震動著。

昨天他回了最後一次部隊，被陸平嚴叫過去，車軲轆老話翻來覆去地說，陳妄聽到麻木，談話到最末了，陸平嚴嘆了口氣：「知道你不愛聽，說了這麼多年你不嫌煩我自己都煩，這也是最後一次，以後沒人跟你說這些了。」

陳妄垂眼，站著沒說話。

陸平嚴又嘆，有意換個輕鬆點的話題：「退了也行，閒下來就考慮考慮你自己的事，我聽說你身邊好幾個女生，怎麼？沒一個看上的？」

陳妄扯扯嘴角：「沒想過這事。」

陸平嚴挑眉，故意道：「我那小姪女也沒能入得了你的眼？」

陳妄也不直說，懶散道：「我這麼個人，自己都活不明白，哪能耽誤人家女孩子，還是您家的千金。」

陸平嚴指著他：「少貧，語嫣這孩子從小被她媽寵壞了，不過本性是好的，也是真的喜歡你，」說著，又睨他一眼，「怎麼，那天我沒告訴你是去接她，不樂意了？」

「沒，」陳妄垂頭，笑笑，「這不就只有我一個閒人。」

陸平嚴沒再說什麼。

臥室裡光線昏暗，窗簾緊緊拉著，床上的手機安靜片刻，又重新鍥而不捨地開始震。

陳妄接起來，放到耳邊，還沒說話。

『陳妄你個——』想罵，又憋回去了，「個」字拖了長長一聲，氣急敗壞的，『我他媽真的服了，你這貓，趕緊啊，最後通牒，今天給我弄走。』

陳妄：「怎麼，妳不是挺喜歡。」

『全是毛，牠是水土不服嗎，最近掉毛特別厲害，』陳想崩潰，『拉屎還超臭，我昨天幫一個客戶打霧打一半呢，結果我助理幫牠鏟屎，簡直飄香十里，薰得我手抖，針差點沒戳到客戶眼珠子上。』

陳妄笑了笑：「怎麼，紋臉啊。」

『眉骨，還挺潮的小夥子，』陳想說，『反正你趕緊接走啊，你這破貓撿了幹什麼，你說你養了幾天？老娘幫你養了十年！十年！從一個活蹦亂跳的小崽子養成了一個老頭子。』

女孩天生性子野，從小跟他沒大沒小慣了，並不把他當哥，嘴上也沒有底線，嘲諷他：『你的貓都四代同堂了，你還是個處男。』

陳妄翻身下床，彎腰從地上撿起牛仔褲，夾著手機套上：「閉嘴吧，我現在過去。」

陳想的工作跟她的性格一樣叛逆，做刺青穿孔師。

幾年前本來在A市，聽說他要回來，改搬到帝都，地點還是選在藝術產業園區，一整片一眼望去全是視覺系的。

陳妄到的時候陳想正在往一個年輕人高挺的鼻子上戳洞，挺粗一根針，泛著寒光，旁邊垃圾桶裡扔得全是染了血的酒精棉，陳想戴了個黑口罩垂著頭幹活，神情專注，聲音很冷酷：「疼就說。」

哪還有半點半個小時前皮到不行的樣子。

陳妄進屋，回手關上門，人剛進來，腳邊就被一隻毛球圍住了。

陳妄垂頭。

那貓仰頭看著他，「喵」了一聲。

陳妄蹲下，抬手，指尖輕輕撓了撓牠的下巴。

那貓舒服地呼嚕嚕一下，尾巴掃掃，扭頭慢悠悠地走了。

陳妄走到門口沙發前坐下，長腿往前一伸，靠進沙發裡，閉目養神。

他快一個禮拜沒怎麼睡，昨晚又被小瘋子大鬧一番，再能熬的人也有熬不住的時候。

腦子裡有點昏昏沉沉，陳妄閉著眼，不知道過了多久，半睡半醒隱約聽見叮鈴鈴一聲，緊接著是門被推開的細微聲響。

陳妄「唰」地睜開眼，側頭看過去。

孟嬰寧站在門口，大半個身子還露在門外，只有一顆腦袋順著探進來，正鬼鬼祟祟、偷偷摸摸地往裡看。

陳妄有些詫異，嗓子惺忪沙啞：「妳怎麼在這？」

視線和他對上，孟嬰寧慌亂撇開眼，頓了幾秒，一副若無其事的樣子，推開門進來：「我怎麼不能在這？」

陳想聽見聲音，轉過頭來，聲音在口罩後有點悶，隔著屏風問：「有預約嗎？」

打鼻環的小夥子已經走了，她換了個客戶，正拿著刺青機幫人刺青。

「我……」孟嬰寧乾巴巴地說，「沒有。」

陳妄看著她，人還帶著點剛睡醒時的懶：「妳來幹什麼？」

孟嬰寧心裡咯噔一下。

孟嬰寧心道完了。

只問了陸之州陳妄在哪，忘了問這是什麼地方了。

她根本不知道這個店到底是幹什麼的，門口掛著一個黑漆漆的牌子，什麼也沒寫。

非常有性格的一個地方。

孟嬰寧不動聲色看了一圈店裡的裝潢，很工業風的二層樓，門口一塊休息區，放著沙發和茶几，裡面幾把看起來很舒服的椅子。

和林靜年之前經常去的那家高級美髮沙龍長得差不多。

再裡面被隔斷半擋著，看不太清楚。

就只能聽見嗡嗡的機器聲。

像是幫男人剃頭髮用的那個推子的嗡嗡聲。

孟嬰寧不太確定，清了清嗓子，試探性開口：「我想……剪個瀏海？」

「……」

隔斷後，裡面嗡嗡的聲音頓時停了。

陳妄也跟著沉默了幾秒，看著她，平靜地點點頭：「妳想剪什麼樣的？」

孟嬰寧心下一喜，覺得自己猜對了。

她瞬間就有自信了。

「不知道呢，」孟嬰寧慢條斯理地說，「把你們這最貴的 Tony 老師叫來，我要跟他研究一下。」

陳妄直直看了她幾秒，往後一靠，倚進沙發裡開始笑。

孟嬰寧被他笑得心裡發毛，有些虛：「你笑什麼？」

「沒什麼，」陳妄抬手，指指裡面隔斷後的陳想，「Tony 現在挺忙，妳等一下？」

孟嬰寧猶豫了一下，走到沙發旁邊坐下。

她原本是想直接打電話給陳妄的，號碼都按出來了，要打時，又有些退縮。

她覺得要不然迂迴一點，委婉一些。

直接找他劈頭蓋臉上去就問，目的性太強，不太合適。

還是自然一點，旁敲側擊著套套話比較好？

孟嬰寧轉念，先打了個電話給陸之州，打聽到陳妄來這麼個不知道幹什麼的地方，當即二話不說洗漱換衣服出門。

帝都住了二十多年，這邊倒是真的沒來過幾次。

藝術園區，整個園區裡和附近兩、三條街內的這一片大多數都是這方面的個人工作室，孟嬰寧最近一次過來也是挺久以前，還是因為工作上的事情，那時她還在實習，跟著雜誌社裡的前輩一起過來的。

孟嬰寧沒想到，陳妄這麼個跟藝術八竿子都打不著的土人竟然也會出現在這種地方。

而且聽陸之州話的意思，這家美髮沙龍和陳妄好像還有些千絲萬縷的親密關係。

一個連聊天軟體帳號都沒有的人。

你懂什麼叫藝術？

孟嬰寧坐在單人小沙發裡，手肘撐在沙發扶手上，自顧自發了一下呆，想起自己來的目的。

她有些忐忑，不動聲色地偷偷看了坐在旁邊的陳妄一眼。

陳妄懶散地靠在沙發裡，微仰著頭，閉著眼，不知道是不是睡著了。

孟嬰寧飛快移開視線，餘光不住瞥著那頭。

過了幾分鐘，男人一動也不動。

是真的睡著了？

孟嬰寧再次轉過頭去，身子小幅度地斜了斜，稍微靠過去了一點點，大了些膽子看他。

陳妄看起來睡得有些疲憊，睡著的時候嘴唇也抿成平直的線，略向下垂著，冷漠又不高興的樣子。

年少的時候，他的性子雖然也不刻意張揚，但戾氣和稜角都很分明，氣勢比起同齡人強了一大截，站在那裡不說話都搶眼。

現在，孟嬰寧不知道怎麼說。

林靜年說覺得陳妄變得對什麼都不太在乎，孟嬰寧覺得不是，卻又不知道該怎麼形容那種感覺。

他就是，看起好像來很累。

孟嬰寧撐著下巴，安靜又明目張膽地看著他熟睡的樣子。

「幹什麼？」陳妄忽然開口。

孟嬰寧嚇了一跳，匆忙別開視線。

陳妄的眼睛仍然閉著，一動也不動，好像剛剛說話的人不是他一樣。

孟嬰寧：「……」

你眼睛都閉著還知道別人看你啊！

孟嬰寧裝傻：「唔？你說什麼？」

陳妄也不拆穿她，不再說話。

孟嬰寧今天是帶著任務過來的，他既然沒睡，那她就要開始幹活了。

她不太想提起來昨天晚上喝醉的事，因為那肯定會讓人不可避免地想起來她昨天晚上的一連串壯舉，她以前也醉過，從來沒像昨天那樣……心狠手辣。

孟嬰寧思考著大概是因為自己對陳妄積怨太深，已經到了恨之入骨的程度，所以才會借著喝醉了卯足了勁撒潑折磨他。

也真的是不怕死。

但今天看來，他好像並沒有很生氣。

而且也不像是……聽到她說了什麼的樣子。

她不想讓陳妄重新想起這事來，生怕自己被秋後算帳了，可是有些話不問出來得到個明確的答覆，孟嬰寧實在放心不下。

這可怎麼辦。

孟嬰寧太苦惱了。

她猶豫了一下子，最後還是湊過去，特別小聲地叫了他一聲：「陳妄？」

陳妄沒理她。

孟嬰寧又湊近了點，手肘撐上他那邊的沙發扶手：「你睡著了嗎？」

靜了片刻。

陳妟睜開眼，側了側頭，視線垂過來：「怎麼了？」

「沒什麼，反正現在等也是等著，我們聊聊天？」孟嬰寧看著他眨眨眼，「敘敘舊。」

「……」陳妟像是聽到什麼笑話，緩聲重複了一遍：「敘敘舊？」

他的語氣聽不出情緒如何，孟嬰寧猶豫了一下，還是慢慢地點點頭。

「行啊，」陳妟笑了，意有所指道，「順便算算帳。」

孟嬰寧：「……」

孟嬰寧縮著肩膀，決定先發制人：「我真的，酒量特別不好，一杯就醉，我今天都聽二胖跟我說了，他說是你把我送回家的，我當時好像——我吐你身上了嗎？」

孟嬰寧眨著眼，一臉人畜無害的強調道：「我什麼都不記得了。」

「不記得了？」陳妟問。

「忘得一乾二淨。」孟嬰寧說。

「吐了，」陳妟垂下頭，語調懶散，「吐我一身。」

「……」

孟嬰寧心道可真是放你的屁。

這人怎麼就順杆子往上爬了？

孟嬰寧磨了磨牙，面上不動聲色，特別愧疚地和他道歉：「對不起啊，我真的不記得了，我之前有一次和陸之桓、年年出去玩也是這樣，後來陸之桓跟我說我還跟他說小時候特別喜歡他之類的話。」

陳妄驀地抬起頭來，理解得有些艱難：「妳還喜歡過他？」

「……」孟嬰寧有點無語，一言難盡的看著他，「你是覺得我瞎嗎？」

陳妄一想，也覺得挺有道理的，點點頭：「也是。」

「我怎麼可能喜歡他，那是喝醉了亂說的。」孟嬰寧說著，又偷偷看了他一眼。

陳妄神色平淡，面上半點波瀾也沒有。

完全看不出任何破綻。

所以她昨天到底是說了還是沒說！

孟嬰寧深吸口氣，心裡糾結掙扎一番，也不要什麼節操了，乾脆閉著眼破罐子破摔豁出去道：「他還說我喝醉了逢人就告白，碰見稍微長得好看點的就說自己喜歡人家。」

她最後補充：「但我自己完全不記得的。」

她說完好半天，陳妄都沒說話。

孟嬰寧舔一下嘴唇，特別小心地觀察他的表情。

半晌。

陳妄傾身，伸手拿茶几上放著的菸和打火機，敲出一根咬著點燃，打火機和菸盒重新扔回茶几上，人往後一靠，終於開口：「孟嬰寧。」

他吐了口煙，微瞇著眼：「妳今天到底是來幹什麼的？」

孟嬰寧指尖輕動，突然有種整個人完全被看穿的無所適從感。

她無措地張了張嘴，還沒來得及說什麼。

「放心，」陳妄平靜地說，「妳沒跟我說過。」

孟嬰寧怔怔看著他。

陳妄垂眸，指尖敲掉一截菸灰，動作有些漫不經心。

他沒看她，神情很淡：「妳對我，從來沒說過這種話。」

孟嬰寧走了，Tony 手裡舉著個刺青機從裡邊出來，伸著脖子：「剛剛那女生是我未來的嫂嫂嗎？看起來年紀好像不太大啊。」

陳妄沒聽見似的。

陳想跑到門口，好奇地往外看，剛好看到女孩慢吞吞走遠的背影，穿著碎花小裙子，細腰長腿天鵝頸，白得跟會發光似的，陳想眼睛這麼刁的人都挑不出半點毛病來。

剛剛隔著隔斷影綽綽偷偷看了幾眼，長得也好。

陳想在外婆家長大，小時候能見到陳妄的次數其實有限，但也沒耽誤兄妹倆關係挺好，對於她哥的終身大事，陳想一直挺煩惱的。

這仙女似的小嫂嫂，配她哥這個不解風情的傻子性冷淡好像還讓人覺得稍微有那麼點可惜是怎麼回事？

陳想用生命聽牆角，刺青機剛剛都關了，就為了能聽聽清楚這兩個人說了些什麼，結果兩人跟打太極似的繞來繞去繞了半天，陳想也沒怎麼聽明白到底是怎麼回事。

她湊過去，直接問道：「你們到底有沒有戲啊，我怎麼聽得迷迷糊糊的。」

陳妄又點了根菸：「沒戲。」

陳想挑眉：「我看不像啊。」

陳妄垂眸笑了一聲。

孟嬰寧這次特地來找他目的挺明顯。

怕自己昨天晚上說了些什麼亂七八糟的話，怕他誤會，急著來找他撇清關係。

什麼喝醉了碰見人就告白之類的話，八成也全是瞎掰的。

就算是真的，這種話，她大概永遠也不會跟他說。

倒是會說些莫名其妙的。

陳妄想起孟嬰寧昨天晚上，戲精上癮當了一晚的孟皇后，送到家以後終於演累了，安安靜靜坐了一下，沒幾分鐘又開始哭。

哭起來的時候和小時候一樣，特別小聲地嗚嗚憋著哭，安靜又可憐，像受了傷蜷縮起來嗚咽的小動物似的。

陳妄特別不擅長這個，但也沒辦法，嘆了口氣，想把人從牆角撈出來。

孟嬰寧也不動彈，固執地蜷在那。

陳妄在她面前蹲下，耐著性子：「又哭什麼？」

孟嬰寧淚眼婆娑地看著他，特別委屈地叫他：「陳妄。」

「嗯。」

「陳妄。」孟嬰寧又叫了他一聲。

陳妄猶豫一下，抬手，揉一下她的頭髮：「在這呢。」

「我疼。」孟嬰寧說。

陳妄頓了頓，皺眉：「哪裡疼？」

孟嬰寧吸了吸鼻子：「我手疼，手指疼。」

陳妄真的以為她的手指是不是沒注意弄傷了，垂手拽著她兩隻手拉到面前來。

女孩的十指纖細修長，漂亮白皙，指甲修得圓潤乾淨，並沒有哪裡傷著了。

「嗯，」陳妄當她喝醉了說胡話，順著她問，「那怎麼才能不疼？」

陳妄本以為她是還沒瘋夠，想著遞個臺階給她，如了她的心意讓她再折磨折磨自己，折磨夠了應該也就能睡了。

結果孟嬰寧沒有。

「不能不疼。」她低聲說。

陳妄沒聽清楚，傾身靠近了點：「嗯？」

孟嬰寧紅著眼睛說：「好疼的，特別特別燙。」

孟嬰寧幾乎是落荒而逃。

在走出店門的那一瞬間，她長長地出了口氣。

看來她的嘴巴還算是比較嚴的那種，即使喝醉了，不該說的話也不會說出去。

她在門口站了片刻，抬腳往外走。

休息日的藝術園區裡，人竟然也不少，大多是情侶，也有脖子上掛著單眼相機的文藝青年男女來拍照。

孟嬰寧垂著頭，踩在地上樹蔭下細碎陽光上靠邊往前走，腦子裡有些空。

陳妄什麼都看出來了，畢竟她的謊話說得那麼蹩腳。

她是真的什麼不該說的話都沒說。

孟嬰寧覺得挺茫然的，本來應該是解決了一個讓人高興的、能夠徹底放下心來的事，但這時她的心情好像也沒有想像中的那種輕鬆的感覺。

也可能是因為天氣太熱，風都靜止了，讓人覺得悶。

悶得她現在莫名又急切地覺得自己需要跟誰說點什麼。

她想也沒想，從包裡翻出電話，打了個電話給林靜年。

響了好久之後，孟嬰寧要掛了，那邊才接起來。

林靜年的聲音含糊，還挺痛苦：『喂……』

「年年。」孟嬰寧毫無意義地重複叫了她一聲，「年年。」

電話那頭靜了靜。

林靜年問：『妳怎麼了？』

孟嬰寧走到園區門口，在路邊坐下：「沒怎麼啊，就是看看妳醒了沒。」

林靜年沉默一下，說：『狐狸，我認識妳二十年了。』

孟嬰寧握著手機垂頭，語氣挺自然的，跟平時兩人聊八卦的時候差不多：「我剛剛，解決了一個事。」

『嗯？』

「也不是什麼大事，」孟嬰寧直勾勾地盯著牆角，有點出神，自言自語似的，有些混亂地說，「就是有那麼一個人，我跟這人發生了點誤會，然後剛剛這誤會沒了，我本來以為解決以後我會很高興的——」

孟嬰寧猛然頓住，忽然意識到自己在說什麼。

林靜年接道：『但是其實也沒那麼高興。』

「可能是因為今天太熱了。」孟嬰寧認真地說。

其實她在這頭這個人那個事了半天，林靜年並沒有聽懂她到底是想表達什麼。

但是二十年的閨密之間就是有這種特殊的默契——兩個人無論對方在說什麼東西，妳理解與否，話題和內容是非相同，這對話都能流暢又自然的，毫無阻礙的進行下去。

林靜年打了個哈欠，拽著枕頭往上拉了拉，人坐起來：『狐狸。』

林靜年冷靜地胡亂扯道：『妳愛上了。』

「……」

孟嬰寧手一抖，把電話掛了。

林靜年看了被掛斷了的電話一眼，把手機丟到一旁，枕頭拉下來，繼續睡。

她沒孟嬰寧那種宿醉以後第二天還能活蹦亂跳跟個沒事人似的體質，她現在腦袋發昏，急需睡眠補充，並沒有太在意這個事。

電話那邊，孟嬰寧看著手機螢幕，嘆了口氣。

這都什麼跟什麼。

這都什麼事啊。

一個週末雞飛狗跳熱熱鬧鬧的過去，新的一週又雷打不動的到來。

週一，孟嬰寧起了個大早上班。

做期刊雜誌的大多是這樣，半個月忙完以後能有一段時間休息休息，讓人喘口氣，至少不會像前幾週一樣折磨得頭髮一把一把的掉。

不過最近整個行業不太景氣，就連午休時間眾人的八卦內容都從富二代出入某明星私人公寓深夜照片，變成了隔壁哪本小雜誌社又停刊了，這段時間又不知道哪裡聽來的風聲一直說公司內部可能也要裁員，前段時間忙的時候沒那個精力細想，現在閒下來了，一時間人心惶惶。

孟嬰寧來沒幾個月，消息比較閉塞，這些都還是聽白簡說的。

白簡椅子往後一滾，悔不當初：「我當時就應該去學個電腦什麼的，做一個每天寫程式打遍全天下的工程師，說不定我天賦異稟還能成一代駭客白帽什麼的，我來雜誌社上什麼班呢？」

孟嬰寧劈哩啪啦敲著鍵盤，頭也不回提醒她：「白簡姐，工程比編輯禿得還要快。」

白簡滿目蒼涼，幽幽道：「頭髮和錢那能比嗎？」

孟嬰寧一想，也對：「有錢還能去植髮呢。」

「……妳這小孩心怎麼這麼大，」白簡滿臉複雜地看著她，「沒發現最近辦公室氣氛和以前不一樣了嗎？都提防著呢。」

「一個月前就說要裁員呢，到現在不也是一個都沒走嗎？」孟嬰寧不在意道，「公司發展到現在這種程度本來也不指望靠《SINGO》這一本雜誌活。」

孟嬰寧安慰她：「沒事，我們公司和外面那些小雜誌不一樣，有錢著呢。」

白簡畢業也四年了，上了幾年班反過來被一個小自己好幾歲的女孩安撫了，一時間還有些羞愧，覺得自己之前太把孟嬰寧當小孩了：「是啊……妳還挺淡定。」

「我當然淡定了，」孟嬰寧哢嚓哢嚓點著滑鼠，「我有小副業呢。」

白簡：「……」

孟嬰寧勉強算是個小網紅這事沒怎麼瞞著，主要是也瞞不住，不過她的名氣沒那麼大，認識她的人也不多，而且時尚雜誌社，每天出入不知道多少明星、模特兒不提，光孟嬰寧知道的她們編輯部就有個百萬粉的美妝網紅，前段時間還去參加了某日系大牌彩妝的新品發表會。

不過白簡說的那種和以前不一樣的氣氛孟嬰寧也感受到了，尤其是連著兩次例會她被老大點名表揚了一番以後，孟嬰寧幾次在茶水間感受到了上一秒竊竊私語直到妳端著杯子一進來瞬間萬籟俱寂的情況。

就比如此時。

公司裡的茶水間一樓一個，挺大，兩個小隔間，裡間可以泡點咖啡、飲料什麼的，外面一個小冰箱，裡面免費提供一些小零食和水果。

裡間玻璃門半開著，裡面有兩個女生，一個屬於雖然看了很眼熟對名字也有印象但是就在嘴邊怎麼也叫不上來的程度。

另一個孟嬰寧倒是認識的，叫韓喬，上期那個「觸電」的專題開卷本來是孟嬰寧和她兩個人負責，兩人商量好一人負責一半，結果這人一整個禮拜什麼也沒做，週一一早跟早自習抄作業似的坐在電腦前趕工，最後文案寫得像坨屎，理所當然被李歡劈頭蓋臉罵了一頓。

罵完從辦公室出來以後兩人再也沒說過一句話。

整個茶水間安靜了一瞬間，兩個女生又若無其事地聊起了別的：「我剛剛在樓下看見陸語嫣了，副主編帶她上來的，」韓喬說，「她的背景真的還挺硬的，好像說之前那個封面的事後來還是找了個副刊補給她。」

另一個嘆了口氣，羨慕道：「妳說有錢多好，這種每天不用搬磚要什麼有什麼的日子我也想過。」

「陸語嫣現在也挺紅的吧，過兩天她那個網路劇不是也要播了嗎，看預告片還挺好的，不過我剛剛看見她感覺她本人比電視上更漂亮點，」韓喬頓了頓，繼續道，「明星就是明星，和那種小網紅真的不一樣。」

另一個人偷偷瞥過來一眼，抬手輕輕拍一下說話的女生，示意她別說了。

孟嬰寧當作看不見聽不見什麼也不知道，端了杯子抽一條咖啡撕開，倒進去。

她本來以為這種經典場面基本上只會發生在讀書時代的女生寢室和女生廁所。

結果竟然並不是。

孟嬰寧驚訝的發現，有這種愛好的人你想讓她們閉嘴是閉不上的，就算環境從一個換成了另一個，年齡也長了幾年，她們還是能在新的環境裡找到同類舞出一片新的天地。

韓喬撇撇嘴，滿不在乎地繼續說：「妳別看那些網紅平時看起來好看，那是因為和普通人比，真的站在靠臉吃飯的女明星面前，差別太大了，簡直慘不忍睹。」

另一個女生不說話了，看了孟嬰寧一眼，又拽了拽韓喬。

孟嬰寧平靜地撕了包咖啡倒進去，順便加了兩小包糖。

「本來就是啊，」韓喬笑嘻嘻地說，「那個長相啊，尤其是氣質，對比一下真的是，平時看起來再漂亮的網紅也都土到不行，土雞怎麼樣也變不成白天鵝，網紅本來就是 low。」

「……」

孟嬰寧真的不是脾氣特別好的人。

再加上這一段時間以來她始終有點氣不順，身邊沒一件順心事。

她把手裡的糖包袋子扔進垃圾桶，咖啡杯放在大理石檯面上，歪一下頭，很平靜地問：「妳對我有什麼意見嗎？」

韓喬裝傻：「我對妳有什麼意見了，不就是聊聊天，我說得是現在那些不知道自己幾斤幾兩的網紅，本來就跟明星沒辦法比啊，我說妳了？哦——」她拖長了聲，瞥她，「我忘了，妳是不是也是網紅？不好意思啊，我剛剛忘了，我沒有說妳的意思。」

孟嬰寧挺有耐心地等著她說完了。

她慢吞吞地轉過身，還沒來得及說話。

裡間玻璃門被人從外面推開。

孟嬰寧回過頭去。

人還沒見著，倒是先聽到了聲音，又是個熟人。

「我說這裡面怎麼一股味，醺得人眼睛都快睜不開了。」

陸語嫣今天一改常態，不知道是不是情路受挫破罐子破摔，也不維持仙女人設了，穿了件紅裙子，紅唇鮮豔，張揚跋扈趾高氣揚，說完，又掃了旁邊的孟嬰寧一眼：「說的那個網紅，是妳啊？」

孟嬰寧眨了下眼：「好像是的。」

「早知道是妳我就不說話了，」陸語嫣後悔死了，翻了個大白眼。

她是挺討厭孟嬰寧的，但她更煩那種人前人後兩副面孔，整天弄些個噁心吧啦的骯髒手段指桑罵槐說些不入流的垃圾話，可真是能噁心死人。

陸語嫣站在門口，視線一轉，把韓喬上上下下打量一遍，不屑道：「就妳，長成這個車禍現場樣，還好意思說人家長得醜啊？妳自己什麼樣自己心裡能不能有點數啊，有仇有怨就直接說，大大方方的吵個架就沒事了，這麼陰陽怪氣的妳也不嫌自己嘴臉難看？」她說著，指指孟嬰寧，「她雖然人不怎麼樣，但是我們公平一點說，這張臉，就我見過的同類型女明星裡還真的沒幾個打不過的。」

陸語嫣頓了頓，道：「當然跟我是沒辦法比。」

韓喬：「……」

孟嬰寧：「……」

陸語嫣說著又有點好奇，扭過頭來看向孟嬰寧，問道：「對了，她們是拿妳跟哪個女明星比？」

「……」孟嬰寧嘆了口氣，有些不忍：「算了，別問了，我不想讓妳太尷尬。」

第七章　有點想你

陸語嫣原本是不打算出聲，但孟嬰寧那話問出來，她覺得這聲音有點耳熟，一時間又想不起來是誰，只覺是自己認識的人，忍不住好奇進來看了一眼。

一看見是孟嬰寧，陸語嫣還覺得挺生氣。

這個大白蓮當時嗆她的時候嗆得昏天暗地，怎麼輪到別人反倒不出聲了？

又看了找碴那兩位一眼，都是什麼歪瓜裂棗。

始終沒說話的歪瓜一號看起來有點不安，埋著頭拽著裂棗二號往外走。

孟嬰寧若無其事，抽了根攪拌棒，唰唰攪咖啡。

陸語嫣側身看著她，嘲諷開口：「我還以為妳有多大本事，被人欺負了話都不敢說？」

「……這不是還沒來得及就天降正義使者了嗎，」孟嬰寧嘆了口氣，「沒想到陸小姐還是個性情中人，我還以為妳挺討厭我的。」

「我是討厭妳啊。」陸語嫣點點頭，說，「這衝突嗎？」

陸語嫣指著她：「妳被人欺負，我之前又沒打過妳，那不就拐著彎的表示了我還不如剛剛那兩個歪瓜裂棗？」

「……」

孟嬰寧想說我們這邊不是這麼算的，我們都流行敵人的敵人是朋友。

她忍住了沒反駁這讓人匪夷所思的神奇腦迴路，卻忍不住笑了，端著咖啡很真誠的跟她道謝：「不管怎麼說，謝謝妳啊。」

陸語嫣一臉嫌惡：「妳別假惺惺的了，我不接受情敵道謝。」

她厭煩的表情藏都不藏，特別明顯。

孟嬰寧反倒沒那麼討厭她了，這女生雖然最開始接觸下來張揚跋扈傲慢又沒禮貌自我感覺良好還有公主病，但竟然意外的就事論事愛恨分明，好像也挺講道理的，不會因為討厭誰就黑白不分。

大概因為背景夠硬，還真的是個天不怕地不怕的傻白甜。

孟嬰寧將她性格上那些致命缺陷人工淡化了一下，勉強得出了是個好人的結論。

孟嬰寧點點頭，轉身要走。

「站住。」陸語嫣喊住她。

孟嬰寧腳步一停，回頭。

「陳妄最近在幹什麼？」陸語嫣說得有些艱難，似乎覺得連陳妄在幹嘛這個問題都要來問情敵是一件很恥辱的事情。

一聽見這名字，孟嬰寧頓了一下，很實在地說：「不知道。」

她是真的不知道，那天週末以後，這段時間孟嬰寧都沒見過陳妄。

不僅沒見過，兩人之間沒簡訊沒電話沒訊息……陳妄本來就沒有聊天軟體。

總之沒透過任何直接或者間接的方式有過哪怕一個標點符號的聯絡。

孟嬰寧不知道她在逃避什麼，也許是因為最後一次見面她的那點小聰明被陳妄掀了澈澈底底，讓她覺得有種無所遁形的尷尬。

「不知道？」陸語嫣一臉匪夷所思，似乎並不信她的話，「妳這麼一塊討厭的膏藥，會不天天黏著他？」

陸公主又犯病了。

聽韓喬剛剛的說法，陸語嫣之所以今天會出現，是因為副刊把封面補給她了。

孟嬰寧並不想惹她，耐著性子說：「人家也要工作的。」

「他現在哪有工作。」陸語嫣脫口而出。

孟嬰寧愣住了：「什麼？」

「妳不知道？」陸語嫣也愣了幾秒，明白過來，「是不是他覺得妳太煩了，所以跟妳說自己工作特別忙？」

陸語嫣太得意了，面露喜色道：「妳不知道？妳真的不知道？」

「……」

孟嬰寧收回腦海裡之前覺得陸語嫣是個好人的念頭。

她抬眼看著她，忽而笑得眉眼彎彎，梨窩很深，看起來特別甜。

「陸小姐是不是理解錯了，我說的是——人家，也要工作的。」

孟嬰寧加重了「人家」這兩個字的語氣，特別愁的嘆了口氣，問她：「妳平時都不撒嬌的嗎？」

陸語嫣有點沒反應過來。

孟嬰寧故意噁心她：「陳妄哥哥他什麼都跟人家說呢，人家怎麼會不知道。」

陸語嫣：「……」

雖然團隊幫陸語嫣安排的是仙女人設，但其實性子很烈，硬碰硬可未嘗敗績，然而碰見孟嬰寧這種泥鰍一樣的選手她根本不是對手，被打擊得屢戰屢敗。

陸語嫣氣得心臟又開始疼，高跟鞋踩得哢哢響，扭頭走了。

孟嬰寧伺候完公主抬頭看了手錶一眼，她在茶水間待了十多分鐘了。

她捧著杯子回辦公室，進去的時候韓喬剛好抬起眼，兩人對視一眼，各自移開視線，相安無事得非常默契。

孟嬰寧走回自己的座位前，已經下午五點了，臨近下班，孟嬰寧今天的活幹得差不多了，只差個專題企劃還沒寫，下週之前交就行，也不急。

她慢吞吞喝著咖啡靠在椅子裡，有些出神。

她想起陸語嫣那句「他現在哪有工作」。

哪有工作是什麼意思？

陳妄不是和陸之州一起調回帝都嗎？

孟嬰寧放下咖啡，從桌上拿過手機，猶豫半晌。

算了。

她嘆了口氣，把手機重新扣回桌面上。

朋友之間這種隱私人家不想說還不會多問呢，更何況陳妄，她沒有知道的立場。

雖然這事陸語嫣是知道的。

連陸語嫣都是知道的。

孟嬰寧不知道陳妄和陸語嫣之間是不是熟悉到陳妄連這些都會跟她說，畢竟十年，這十年裡他交了什麼朋友，認識了什麼樣的女生，又做了些什麼，經歷了什麼事她全都不知道。

中間聽說陳妄回來過幾次，那時孟嬰寧在臨市讀大學，也沒見到，但每次他回來，孟嬰寧事後都會偷偷找陸之桓問問。

陸之桓說陳妄高了很多，孟嬰寧頭一次知道男生都二十多歲了還能長高，她十六、七歲就不長了。

剪了頭髮，顯得更酷了點。

話少了很多，但有時候也會跟著他們有的沒的瞎扯兩句。

看起來比以前瘦了，但腹肌很硬。

孟嬰寧也不知道陸之桓為什麼會莫名其妙知道人家陳妄腹肌很硬，知道就知道吧，還要特地告訴她一聲。

搞得少女裹著被子趴在寢室上鋪拿著手機手足無措，面紅耳赤看著那行字老半天，然後把手機丟到一邊抱著枕頭翻滾了好幾圈，都不知道回什麼好。

最後一次問起，陸之桓說陳妄聚會的時候還領著一個女孩，兩個人看起來挺熟的，相處起來特別自然，好像還一起養了隻貓。

陳妄在隊裡或者出任務時，那貓都是女孩照顧。

孟嬰寧還記得自己開玩笑問陸之桓，那女生是不是溫柔體貼大波浪。

陸之桓說是，紫頭髮大波浪，不過不怎麼溫柔，很酷的女生。

孟嬰寧當時心說這人還挺專一，這麼多年過去了還是喜歡這髮型。

後來關於陳妄的事，孟嬰寧再也沒問過。

孟嬰寧還在走神，肩膀被人拍了拍。

她回過神來，抬頭，白簡手裡抱著一堆雜誌過來，「碰」一聲放在桌上：「下班了妹妹，想什麼呢這麼出神。」

孟嬰寧看了一眼時間，已經過去半個小時了，桌上咖啡涼透了，辦公室已經空了一半。

白簡把雜誌放下也準備走了，跟孟嬰寧打了個招呼。

孟嬰寧沒急著走，她把剩下的半杯冷咖啡喝完，坐在椅子裡傳了則訊息給陸之桓。

陸少爺最近特別忙，前幾天兩人講電話，陸之桓沒說幾句匆匆掛了，說他要幹正事，正在忙著創業，初期特別艱辛。

這人說話向來滿地跑火車，但是孟嬰寧覺得也不能打消他的創業熱情，當即挺真誠的支持他了。

她這邊訊息剛傳出去，那邊那位創業者在十秒鐘後打了個電話給她。

背景音挺亂的，音樂聲裡混著骰子聲伴隨著「四個六！」「我開你！」「靠，你他媽怎麼那麼多六？」之類的咆哮。

陸之桓大著嗓門：『狐狸！下班了？來喝酒啊，我讓人去接妳！』

孟嬰寧：「……」

孟嬰寧覺得他這個業創的還真的是挺艱辛。

她往後靠了靠：「你找個安靜點的地方，震得我耳朵疼。」

陸之桓沒聲了，過了一下子，那邊安靜下來，背景音被隔斷，陸之桓問：『怎麼了？』

陸之桓是個傻子，情商極其低，跟他問起陳妄，孟嬰寧不用像跟陸之州似的每個字都要斟酌著說，他根本不會往歪了想：「你這幾天找過陳安嗎？」

孟嬰寧開門見山。

『沒有，』陸之桓說，『我這幾天打過電話給他找他出來玩，都不來。』

「他不是在部隊嗎？」孟嬰寧問。

『沒啊，陳妄哥退伍了，他這次就是因為退了才回來的，』陸之桓有點詫異，『妳不知道？』

「我怎麼會知道，」孟嬰寧說得有點艱難：「為什麼啊？」

『我也不知道啊，我之前問我哥了，他不跟我說，讓我別問了，還讓我沒事找陳妄哥出來玩玩，』陸之桓說，『他當時的表情特別嚴肅，我都不敢問。』

『不過，』陸之桓又說，『我問我以前當過兵的朋友，他說基本上那種特別厲害的，像陳妄哥這種，正是最好的時候，要是退了十個裡九個是因為受傷，而且可能是挺嚴重的，基本上好不了那種，不然誰想放。』

『然後我又去問我哥，我哥就說讓我別亂打聽，也沒說不是。』

孟嬰寧捏著手機的手指有些僵硬地緊了緊。

陸之桓後面還說了些什麼，她都沒怎麼聽，掛了電話以後直勾勾地盯著黑了的螢幕，嘴唇抿著，不安地動了動。

孟嬰寧有些坐不住。

她站起身，動作幅度有點大，椅子滑出去老遠，孟嬰寧拽著椅背拉回來，推進去，然後抓著手機塞進包裡，繞過兩張辦公桌出了辦公室。

走到電梯門口，她仰頭，看著紅色的數字一格一格往上蹦。

正值下班時間，電梯每到一樓，就停一停，有時候要停好半天。

孟嬰寧從來不覺得這數字跳得這麼慢。

身後等電梯的人一點點變多，她旁邊過來幾個人，說笑著的時候擠到她的肩膀，耳邊亂哄哄的，混和著腦子裡的聲音一起吵。

孟嬰寧煩躁地皺著眉，轉身推開樓梯間的白色鐵門，扶著扶手下樓梯。

下了兩、三樓，她才停下腳步，抓著扶手站在兩階臺階上，走得有點急，她小口喘著氣，慢慢平復呼吸。

她其實也不知道自己要幹什麼。

就是很單純地覺得有點坐不住，想動起來，想做點什麼。

她回憶一下之前幾次見過的陳妄，看起來也沒有什麼不對勁的地方，也看不出來……是不是受了很重的傷。

孟嬰寧放開樓梯扶手，蹲下坐在樓梯臺階上，翻了好半天才翻出手機。

她猶豫一下，慢吞吞地找到陳妄的手機號碼，打過去。

這是她第一次打電話給他。

聽著那邊忙音一聲一聲響，孟嬰寧莫名其妙的，有點緊張。

結果打了一遍沒打通，孟嬰寧又打了一遍。

一連三個電話以後，第四個，那邊終於接起來，通了。

孟嬰寧沒說話。

陳妄也沉默了一下：『孟嬰寧。』

孟嬰寧「啊」了一聲，還是沒說話。

陳妄直接問：『有事？』

「沒有……」孟嬰寧垂下眼，盯著樓梯間牆角一個很小的蜘蛛網，說：「我能不能去找你？」

陳妄那邊安靜一瞬間，以為自己聽錯了：『什麼？』

孟嬰寧很小聲地重複了一遍：「我想去找你。」

那邊又沒聲音了。

過了好幾秒，陳妄才又開口：『找我幹什麼？』

他的聲音有點啞。

「不幹什麼，」孟嬰寧一時間什麼理由都想不出來，她抿了抿唇，下巴擱在膝蓋上，腦子有點短路，含糊又恍惚地說，「我就是有點……想你？」

差不多有十秒，陳安半點聲音都沒有。

樓梯間裡空曠安靜，孟嬰寧恍惚覺得這句話說出來的時候都帶回音，像催魂奪命曲一樣在她耳邊迴盪。

想你……

想你……

孟嬰寧頓時有些絕望，狠狠咬了一下舌尖，恨不得把自己這張嘴拿膠帶封死。

感覺大腦血液都不流通了，什麼藉口都想不到，她強忍著掛掉電話的欲望，心幾乎提到了嗓子眼，眼一閉，深吸口氣，視死如歸道：「我——」

『孟嬰寧，』陳安忽然開口，嗓音沙冷：『妳又想幹什麼？』

孟嬰寧剛送到嘴邊的話戛然而止。

『陸語嫣又去找妳了？』陳安說。

孟嬰寧坐在地上，有點發愣，她覺得大理石臺階有些涼，連穿堂風也陰冷。

她張了張嘴，發現剛剛打算說的話一句都說不出來。

她應了一聲，乾巴巴地說：「啊……是啊。」

陳安那邊傳來很細微的動作聲音，他笑了笑，懶聲問：『這次想讓我怎麼配合妳？』

孟嬰寧垂著眼，很低聲地說：「不用了，她走了。」

陳妄聲音裡僅剩的那點散漫笑意沒了蹤影，平靜冷漠：『那我掛了。』

哦。

孟嬰寧低下頭，額頭頂在膝蓋上，沒說話。

她第一次知道什麼叫自作孽不可活，什麼叫打碎了牙往肚子裡吞，什麼叫狼來了。

類似的話說了太多次，陳妄現在不信她了。

孟嬰寧都不知道她現在是不是該覺得放心或者高興。

陳妄沒掛電話，但也沒說話，兩個人各自沉默，氣氛有種難以言喻的詭異和尷尬，孟嬰寧覺得手機微弱的電流聲好像也被放得很大。

她數了五個數，電話沒掛。

又數了五個，還是通著。

陳妄忽然開口，冷漠又不耐煩：『說話。』

太凶了。

孟嬰寧委屈地癟癟嘴。

明明是你說你要掛的。

「我說什麼，」孟嬰寧有點火，「我打電話給你，好好跟你說話，你上來就陰陽怪氣，你自己要掛電話，現在還莫名其妙發脾氣，你想讓我說什麼，我還能說什麼？」

孟嬰寧越說越委屈：「我提都沒提陸語嫣你就又知道了？你可真是時時刻刻都想著她，我就不能——」

陳妄等了一下，沒等到下文：『不能什麼？』

孟嬰寧：「沒什麼。」

陳妄：『妳說話說一半的毛病是什麼時候養成的？』

「你太煩人了，我現在不想跟你說話。」孟嬰寧悶聲說。

他又不說話了。

安靜好一陣子。

陳妄低聲開口：『我……』

你什麼你。

陳妄沉默片刻：『不想跟妳發脾氣。』

孟嬰寧還是不理他。

「……」

陳妄嘆了口氣：『吃不吃蘋果派？』

「……」

「吃，」孟嬰寧抬起頭，揉了揉鼻子，最後還是繞回來了：「那我到底能不能去找你。」

電話那邊很清脆一聲響，像什麼東西掉在地上的聲音。

陳妄垂眼，看了掉在地上的打火機一眼，俯身撿起來：「來吧。」

『那你在哪啊？』孟嬰寧又問。

陳妄直覺這女孩今天有點不太對勁。

放在平時，關於他的事情多一句話孟嬰寧都不會問，更別說「你現在在哪」這種話。

以及我能不能去找你。

還有……

陳妄喉尖滾了滾。

他將打火機扔到茶几上，上身往後靠了靠，陷進破破爛爛的沙發裡，他扭頭看了窗外一眼，有些陰，烏雲厚厚一層翻滾著從天邊蔓延過來。

陳妄有點走神。

房間的門被人推開，聲音同時傳過來：「妄哥！我看這天氣不怎麼美麗啊，我們今天還去嗎？」

「天氣預報像他娘的在放屁一樣，還告訴老子萬里無雲，這他媽明明是大暴雨，要不然明天——」男人叼著根棒棒糖，罵著往屋裡走，陳妄回頭看他一眼。

男人看見他在打電話，閉上嘴朝他敬了個禮，又哢嚓哢嚓咬著棒棒糖關上門出去了。

孟嬰寧安靜一下：『你現在在忙嗎？』

「沒，」陳妄壓住情緒，「有車嗎？」

孟嬰寧不明白他這問題是要幹什麼，遲疑了下：『沒有。』

「還在公司？」陳妄問。

『在。』孟嬰寧老老實實地說。

陳妄頓了頓：「想見我？」

孟嬰寧：『……』

『……想的。』她低聲，聲音有點軟。

聽起來就顯得特別乖。

陳妄略微勾了一下唇。

『我想吃蘋果派。』孟嬰寧繼續說。

「……」陳妄笑了，剛剛那點陰沉全數散去。

「好，吃，」他把菸按進菸灰缸，站起身往外走，「待在那等著。」

孟嬰寧坐在公司一樓大廳等了半個小時陳妄才來。

他人沒進來，只打了個電話過來，孟嬰寧出了公司門，外面瓢潑大雨砸著辦公大樓前大理石地面濺起老高。

手機天氣誠不欺我，今日果然朗日當空，萬里無雲。

陳妄的車停在門口，孟嬰寧深吸口氣，拿包遮住腦袋小跑過去，飛速打開後座車門鑽進去。

就這麼十幾步，她的高跟鞋裡已經灌了半鞋的水，頭髮也濕了幾綹，看起來有些狼狽。

天空一炸，幾聲悶雷轟隆隆滾過，孟嬰寧跟著縮了一下肩膀，小心地只坐著那一小塊沒動，怕把車子坐墊弄濕。

陳妄從後視鏡看了她一眼，抬手打開暖氣。

豆大的雨點劈哩啪啦地砸在車窗上，孟嬰寧從包裡翻出紙巾抽了一張，一點一點擦濕了的頭髮，很小心地抬眼，看了前面的人一眼，剛要收回視線，他也順著看了一眼。

兩人在鏡子裡對上，孟嬰寧看著他，眨一下眼：「我們現在去哪？」

陳妄淡聲：「不是要吃妳那個蘋果派。」

孟嬰寧彎起唇角：「噢。」

陳妄又看了她一眼：「笑什麼？」

孟嬰寧眼睛笑得彎彎的：「沒什麼。」

陳妄看她幾秒，「嘖」了一聲，移開視線，唇角也跟著勾了一下：「傻子。」

孟嬰寧身子往後靠了靠，側頭看向窗外。

她悄悄地抬手，食指按住唇角輕輕往下拉了拉。

陳妄這人特別不會哄人。

兩人認識一開始的好幾年，關係水深火熱，糟糕到令人髮指，孟嬰寧動不動就被他弄哭。每次她一哭，少年就滿臉冷漠地站在一旁，看著陸之州像個老媽子一樣屁顛顛地跑過來，又果凍又軟糖的哄一陣子。

但陸之州也不是次次都在。

有一次陸之州跟著陸母出門，盛夏，下午特別熱，兩人不知怎麼的又吵了起來，孟嬰寧坐在院子裡不理他。

那年她上國中了，已經不太哭了，發起脾氣來也不說話，紅著眼隨便往哪一縮，可憐兮兮的樣子像是受了天大的委屈。

陳妄也不寵著她，直接回家，把人往那那麼一晾。

結果孟嬰寧真的不動。

隔半個小時，陳妄到窗前看了一眼，她蹲在樹蔭下，不回家。

又過了半個小時，還不回家。

下午，大太陽烤著空氣跟融化了似的，蟬鳴聲滋滋啦啦地響。

少年陳妄憋著一肚子火下樓，走近了才看清，少女手裡正捏著根細細的小樹枝在地上畫畫。

畫了整整一排王八，每一隻背上都寫了兩個字——陳妄。

陳妄：「……」

陳妄直接氣笑了，在她面前蹲下：「妳不回家在這跟我作什麼對？我不是陸之州，妳就是在這曬成乾，我還能寵著妳了？」

小嬰寧抬眼，看了他一眼，軟糯糯地說：「我沒帶鑰匙。」

陳妄：「……」

陳妄看了一眼時間，孟父、孟母下班還要四、五個小時。

他站起來，居高臨下地看著她：「去我家等。」

小嬰寧不理他。

陳妄不耐煩：「走不走？」

小嬰寧不緊不慢地說：「這個人剛剛跟我吵架，還對我發脾氣，我不太想去他家。」

她的嗓子乾得有點啞。

陳妄：「妳去不去？」

小嬰寧頭也不抬。

少年冷笑一聲：「妳不走是不是？」

孟嬰寧還是不理他。

她其實跟別人都不會這樣，只跟他，也不知道怎麼了，每次都死咬著牙犯倔。

少年不說話了，就這麼在她面前站著。

好半天，陳妄深吸一口氣，又蹲下，看著她的腦袋瓜：「妳……」

孟嬰寧沒抬頭，但耳朵動了動。

然後，她聽見少年艱難地低聲說：「吃不吃蘋果派？」

小嬰寧乾咽一下嗓子。

她抬起頭：「你是想跟我和好嗎？」

陳妄：「……」

孟嬰寧鍥而不捨：「是嗎？」

「……」

小嬰寧歪著腦袋，一臉執著地看著他：「到底是不是啊？」

「……」陳妄冷著臉：「啊。」

孟嬰寧重新低下頭，慢吞吞地用小樹枝把剛剛畫的那一排王八劃了，一邊劃，一邊小聲說：

「那就和好了。」

太陽太大，她低垂著頭時陳妄看見她露在外面的耳尖熱得發紅。

他盯著看了一下，移開：「那吃不吃？」

「吃的。」孟嬰寧紅著耳朵說：「要吃的。」

那時候幼稚也任性，三句話說不了就能莫名其妙開始不開心，鬧起彆扭來非要硬梗著一口氣，就好像誰先跟誰服軟就輸了似的。

也不覺得那一句話被說得有多生動。

直到很多年以後，孟嬰寧才恍然覺得。

那已經是少年當時能說得出口的最溫柔的妥協。

三十分鐘車程雨勢減小，淅淅瀝瀝地有規律敲著耳膜，等車停下的時候，孟嬰寧聽得都快睡著了。

等睜開眼一看，外面的天陰沉沉地黑，雨像是停不下來了似的連綿不絕，眼前是個很陌生的社區。

孟嬰寧坐起身，四下看了一圈，用了十幾秒的時間來反應。

她抬手抹一下眼角，側頭，剛迷糊著要睡著，聲音還有點啞，滿目茫然：「我們去哪？」

陳妄停車，熄火，垂頭解安全帶，平靜說：「我家。」

孟嬰寧：「……」

雨聲未歇，孟嬰寧僵硬地坐在車後，臉莫名紅了。

孟嬰寧小時候其實沒少去各家混，經常今天你家長不在家，就去我家寫寫作業，孟嬰寧常被託付給陳妄和陸之州，她甚至知道陳妄房間床底下倒數第二個抽屜裡被二胖塞過幾本有顏色的小漫畫。

那時孟嬰寧和陸之桓幾個年紀小的還偷偷摸摸翻出來看過，孟嬰寧捂著眼睛小臉通紅，躲在後面從指縫裡看著幾個男孩子翻。

結果被陳妄抓了個正著，半大小夥子一人揍一頓攆回家去了，剩下一個小女孩撅著屁股趴在地板上，兩隻手緊攥著他枕頭兩邊死死捂住腦袋，羞恥得怎麼也不肯出來。

其實那漫畫現在回憶一下也並沒有什麼尺度，但那時候只覺自己觸碰了天大的禁忌。

男生和女生怎麼還能這、這樣的親嘴？

那親嘴的時候手手手手怎麼還能伸到衣服裡？

孟嬰寧老臉一紅，不明白自己在此時此刻為什麼會想起這種時隔多年的陳得都快長毛的糗事。

她看了一臉冷靜的正直的陳妄一眼，莫名覺得有種奇異的心虛和慚愧。

孟嬰寧目光遊移：「你搬家了啊？」

陳妄：「……嗯。」

孟嬰寧也意識到自己這句話有多麼的多餘和沒營養，她閉了閉眼，扯下安全帶，就要開車門下車。

陳妄回過頭，從前面探身，手臂朝她伸過來，停在她眼前，忽然停住動作。

車子裡光線黯淡封閉，男人回頭看著她，指尖停在她眼前，下一秒就能點在她臉上。

孟嬰寧能清晰地聽到自己的心跳一點一點加快的聲音。

「陳妄。」孟嬰寧叫他。

「嗯？」陳妄黑眸漆深。

孟嬰寧盯著他垂在眼前的指尖，鎮定地說：「你手再放一下我要鬥雞眼了。」

陳妄：「……」

陳妄手腕往下一垂，從她旁邊的位子拉起一件外套，劈頭蓋臉丟到她頭上，把她的腦袋蒙進去了：「披著。」

孟嬰寧眼前一黑，帶著洗衣肥皂的味道縈繞鼻尖，有點發澀。

孟嬰寧抬手費力地把外套拽下來，特別大一件，孟嬰寧拽了半天才重見天日，拎著領子抖開，又看了窗外的雨一眼。

陳妄已經下車了，對這瓢潑大雨視若無睹。

孟嬰寧想起陸之桓的話，生怕陳妄是真的因為受了傷退伍，別再落下什麼病根。萬一是傷了肩膀，這麼不注意，著了涼還不得個肩周炎。

要是傷了腿呢？再得個老寒腿，一到陰天下雨的就痛不欲生，渾身骨頭都吱吱嘎嘎響。年紀輕輕，身體就這麼毀了。

孟嬰寧擔憂地嘆了口氣，連忙打開車門跳下車，一邊抖開手裡的外套一邊快步走過去，扯著外套兩邊撐開，一邊蓋在自己腦袋上，另一邊往陳妄身上糊。

陳妄側頭：「妳幹什麼？」

「遮雨，」孟嬰寧站在他旁邊，第一次如此直觀地感受到了兩人的身高差，她費力地墊著腳拉著衣服往上拽，才勉強披到他的肩膀上，擋了大半，「還好你這衣服夠大。」

「……」

陳妄本來想說妳是不是傻，就這點雨，還沒妳小時候跟老子抹的眼淚大。

女孩穿著高跟鞋特別吃力地跟著他的腳步小跑著往前走，手拽著外套邊高舉著往他肩上搭。一鬆，又掉下來，她便不鬆手，就這麼拽著，走動時手指不可避免地觸碰到他的肩。很軟，帶著暖暖的溫度。

陳妄沒說話，略放慢了腳步。

陳安家這社區看起來有些年頭，老式樓梯公寓，很舊了，一層樓三戶，一上樓梯一戶，隔著一段走廊前面兩戶靠著。

陳安家在最裡面那戶，暗灰色的鐵皮防盜門，門上和門邊牆上貼著一堆花花綠綠的開鎖、代孕、通下水道小廣告。

孟嬰寧看著陳安掏出鑰匙開門。

屋子裡沒開燈，空氣中彌漫著很濃的菸味，混著久未住過人的潮濕灰塵味。

陳安開了燈。

兩個人共用一件外套的結果就是這個外套根本等於沒有，孟嬰寧還好，是直接蒙在頭上的，只有下半身和鞋濕著，陳安半個肩膀都是透的。

孟嬰寧沒什麼心思想些亂七八糟的，她站在門口皺眉仰頭，催他：「你快去洗個澡。」

「……」

陳安一頓，回過頭來垂眸。

孟嬰寧沒注意到，她站在門口掃了一圈，客廳勉強算是乾淨，廚房很小，門口的餐桌上一片狼藉堆滿了亂七八糟的東西和酒，桌腳疊著幾個裝外賣盒子的塑膠袋。

孟嬰寧是沒想過這人有一天能把日子過成這樣。

她踢掉鞋子光著腳站在門口，陳安看了一眼，踢了雙拖鞋過去。

男用的，大到孟嬰寧兩隻腳能塞到一隻鞋裡去。

「這個，看起來好像不是那麼合腳，」孟嬰寧說，「你們家沒有女用拖鞋嗎？」

陳妄隨手把鑰匙丟到桌上：「沒有。」

孟嬰寧心情大好，垂著頭偷偷地笑。

陳妄忽然轉過頭來。

孟嬰寧瞬間鼓起腮幫子，「噗——」地一聲吐出一口氣來，滿臉無辜：「怎麼了？」

陳妄上下掃了她一眼，轉身進屋。

沒多久出來，手裡拿著條大浴巾扔給她，又是劈頭蓋臉罩下來。

孟嬰寧把浴巾從頭上往下拽，學著他幾個小時前的語氣：「你隨便就往人頭上扔東西的毛病是什麼時候養成的？」

「剛才，」陳妄哼笑了聲，隔著浴巾揉一把她的腦袋，「等我十分鐘。」

孟嬰寧往下拽浴巾的手頓了頓。

腦袋上溫熱厚重的壓感只有一瞬間，白色的浴巾略透出一些光來，孟嬰寧隔著浴巾看見一團漆黑的人影從眼前略過，然後進了房間。

孟嬰寧腦袋上頂著浴巾，站在門口沒動。

陳妄現在的生活狀態，就像一個被相戀多年即將結婚的摯愛女友甩了的癡情脆弱男。

孟嬰寧想像一下陳妄一個人坐在漆黑的客廳裡，左手拿著個酒瓶，右手夾著菸，憂鬱又頹廢的看著窗外的萬家燈火，側臉輪廓看起來冷漠又寂寥。

喝口酒，再抽口菸。

喝口酒，再抽口菸。

再來一盆麻辣小龍蝦。

還挺滋潤。

孟嬰寧一邊想著忍不住笑，一邊笑著一邊抬起頭，又隱約看見黑色人影緩慢走來。

她以為陳妄回來了，連忙收住笑，把浴巾從腦袋上扯下來。

一抬眼，來人剛好走近了，一張陌生又茫然的臉。

這人嘴裡叼著根棒棒糖，歪著頭俯身湊到她面前，正直勾勾地，目不轉睛地看著她。

孟嬰寧嚇得直直往後栽了一步，背砰地撞上牆面，開始尖叫：「啊啊啊啊——」

棒棒糖被她嚇了一跳，整個人撲棱了一下，也開始：「啊啊啊啊——」

兩個人對著「啊」了三秒。

孟嬰寧閉嘴了，一臉驚恐地看著他。

洗手間的門嘩啦一聲被拉開，陳妄只裹著條浴巾快步出來。

「我靠，他媽嚇死我了，」蔣格高舉雙手，做投降狀，「小姐姐，別怕，我是好人，我是妄哥朋友。」

孟嬰寧緊緊抱著浴巾站在牆邊，小臉煞白，眼眶紅著，一臉驚魂未定。

陳妄明白過來，鬆了口氣，靠著牆：「蔣格，你他媽是個蠢蛋？」

「誰蠢蛋？」蔣格手還舉著，扭頭，「我？我老老實實在家待著等你回來，你帶個妹子也就算了怎麼還罵人？」

蔣格憂鬱地說：「親愛的，說好的我們生生世世永相隨做兩隻快樂的單身狗，誰准你有女朋友的？是誰允許的？」

陳妄冷聲：「滾。」

蔣格打了個響指：「親愛的，我就喜歡你無情的樣子。」

陳妄看都沒看他，轉身進了洗手間。

他應該是洗澡洗到一半，水珠順著側臉滑至下頷彙聚，咕嚕嚕地往下，滾過胸膛。

孟嬰寧剛剛嚇得都僵了，直到洗手間門又被關上十秒鐘後，她後知後覺地反應過來。

孟嬰寧的臉瞬間紅到耳根。

十分鐘後，孟嬰寧坐在草草收拾一下的餐桌前，一邊慢吞吞地抱著浴巾擦頭髮，一邊看著陳妄在廚房，變戲法似的翻出了一堆做塔用的材料。

最後從冰箱裡掏出酥皮和兩個皺巴巴的蘋果。

孟嬰寧看得嘆為觀止。

不只她，蔣格站在旁邊：「不知道我妄哥還會這一手吧。」

「不知道。」

孟嬰寧發自真心地說，陳妄是連個麵都不會煮的人，以前兩人吵架都去離家不遠的一家甜點店，她讀大學時寒假回來發現那家甜點店不做了。

「妳不知道正常，」蔣格說，「我也不知道。」

孟嬰寧：「……」

蔣格一臉敬佩地拍巴掌：「我，十七歲跟著妄哥，這麼多年什麼大風大浪沒遇到過，沒想到我還能看見我大哥下廚。」

他看起來年紀不大，孟嬰寧有些好奇：「你今年多大啊？」

「我今年十七。」蔣格說。

孟嬰寧：「……」

陳妄動作挺熟練的，酥皮退凍，蘋果切了皮泡進湯水裡，扭頭去開烤箱。

不到一個小時出爐。

成品還像模像樣，一看就不是第一次烤的新手了。

晚上八點多，孟嬰寧原本覺得自己餓到都不餓了，聞到香味以後味蕾重新被啟動，和蔣格兩個人分了一整個。

肚子填飽，人很容易就放鬆下來。

蔣格這小孩非常有意思，說話跟說段子似的，孟嬰寧被他逗得邊吃邊笑，沒忘了打聽關於陳妄的事。

陳妄進了臥室，孟嬰寧問題問起來就大膽了很多：「你跟陳妄認識多久了呀？」

「沒多久，」少年想了想，「兩個多月？」

孟嬰寧默默算了一下，陳妄好像也正好回來兩個多月了。

蔣格嘴裡叼著片蘋果片，含糊道：「妳別看我跟妄哥認識沒多久，關係——」他一頓，右手握拳，敲了敲胸口，「整個俱樂部他跟我最鐵。」

孟嬰寧垂眸，又插起一片蘋果片，裝作不經意問：「你們是什麼俱樂部啊？」

「跳崖俱樂部。」蔣格絲毫沒瞞著，直接乾脆道。

孟嬰寧蘋果片剛送到嘴邊，直接被嗆著了，咳了好半天。

孟嬰寧咳紅了眼，抬起頭來，難以置信地看著他，以為自己聽錯了：「什麼？」

「我們沒事就跳跳崖，有時候還跳飛機，」蔣格歡樂地說，「反正這次不死還有下次，人嘛，早晚一死，都要面對。」

「……」

孟嬰寧深深地看了他一眼，那眼神明擺是在說「你別他媽扯淡了」。

並沒有信他。

蔣格看出來了，瞥她：「妳不信？」

蔣格聳聳肩，也不在意：「妳不信就算了，反正這是我們自己的選擇，不強求所有人都能相信理解。」

他的態度和語氣太過豁然，彷彿對萬物都了無生趣。

孟嬰寧想起這段時間的陳妄，以及他眼底的一片死寂。

蔣格看了她的反應一眼，暗自覺得有戲。

蔣格頓時來了興致，決定再加把勁，他屁顛顛從冰箱裡拿了幾罐啤酒過來：「姐姐，我再跟妳透個底……」

陳妄從臥室出來的時候蔣格已經走了。

孟嬰寧一個人坐在餐桌前，腳踩著椅子邊，手臂抱著膝蓋，不知道在想什麼。

陳妄走過去，看了空了的鐵盤子一眼：「吃完了？」

孟嬰寧如夢初醒，茫然抬起頭來，仰著腦袋看著他。

陳妄把盤子往裡推了推，從桌上拿起菸盒，敲出一根點了：「送妳回家？」

孟嬰寧回過神來，看了他放在桌上的菸盒一眼，遲疑：「陳妄。」

陳妄：「嗯？」

孟嬰寧：「你一天要抽多少菸？」

陳妄：「不知道。」

孟嬰寧小聲說：「抽太多菸對肺不好。」

陳妄咬著菸，垂下眼看她，漫不經心問：「所以呢？」

他是不在乎的。

他根本不在乎自己的肺好不好！

孟嬰寧的心都涼了。

孟嬰寧抬起頭和他對視，滿目蒼涼。

陳妄：「？」

陳妄沒看明白她這看死物一樣的眼神究竟是何種意義。

「陳妄，」孟嬰寧認真地說：「活著是很美好的事情。」

陳妄：「……」

孟嬰寧剛喝了兩罐啤酒，話有點多：「無論我們遭遇了什麼樣的挫折都要積極的活著，你明白嗎？」

孟嬰寧對他灌雞湯，「無論你是肩周炎還是老寒腿，只要活著就有治癒的可能，人生在世，總會失去什麼，但是只要我們還在積極面對生活，生活就會給我們補償。」

孟嬰寧眼睛亮亮地看著他：「陳妄，我們擁有的其實遠比我們想像的要多。」

「……」陳妄默然。

酒精作用下，孟嬰寧的膽子比之前大了不少，她見他沒反應，也沒猶豫，二話不說從椅子上跳下來，光著腳顛顛朝他跑過去，抬手拉住陳妄的手腕。

陳妄垂頭，看了她抓著自己手臂的手一眼。

孟嬰寧把男人拉到窗邊，指著外面：「你看這萬家燈火！」

陳妄跟著側頭，看著窗外漆黑一片，半點光亮都沒有的破社區，沉默了。

孟嬰寧鼓勵他：「總有一天，總有一盞會為你點亮！」

第八章　要浪的

蔣格十四、五歲國中沒畢業就出來混，常年看別人的臉色過日子，人聰明又機靈，別的本事沒有，察言觀色的能耐練得爐火純青。

陳安剛把孟嬰寧帶回來，蔣格就看出來是怎麼回事了。

一個電話接起來轉身就走，接妹子，還把人帶回來。

蔣格當時站在樓上窗邊，看著陳安和女生下了車。

女孩身上披著件很大的男款外套，原地愣了一下，小跑過去一蹦一跳地幫陳安遮了半個肩膀。

從蔣格的視角，能夠很明顯地看見陳安為了配合人放慢腳步，甚至不易察覺地微微矮了矮身，好讓女孩搭他的肩膀搭得沒那麼吃力。

朦朧雨幕裡，女孩拽著外套專注地往前走，男人低垂下頭，唇邊帶著很淡的一點笑，眉眼冷硬的線條被融得前所未有的柔和。

蔣格差點以為自己瞎了，雖然認識的時間不長，但是看著陳安露出這樣的表情是一件很驚悚的事情。

蔣格聽到開門聲，迅速躲進臥室，門開了點縫，暗中觀察。

結果這一晚上觀察下來，蔣格太失望了。

你媽的陳安是個傻子吧。

就這樣的人，還能找到女朋友？

蔣格覺得他這張臉真是白長了。

而且這姐姐明擺著肯定也是多少有那麼點意思的，不然人家一個女生，真的對你沒意思誰能大晚上的老老實實跟你回來。

蔣格轉念，從冰箱裡掏出幾罐啤酒，決定幫大哥一把。

蔣格第一次見到陳妄是在一家極限運動俱樂部，蔣格被哥們介紹進去幹活，老闆是個富三代，還是個瘋子，不喜歡女人，沒事就愛自由落體找刺激。

陳妄也是個瘋子。

他來那天下午剛好有個攀岩比賽，俱樂部內部的，四輛越野車殺到野外岩場，俱樂部剛開發出來的天然生成岩場，岩壁很陡。

肉眼預估著掉下來腦袋手臂腿能摔稀碎分家的那種高度。

那時陳妄上得很乾脆，連安全帶和保護繩都不扣。

蔣格還以為他是忘了或者不懂，特地送過去，他瞥了一眼，輕描淡寫說了句不用。

蔣格當時覺得這哥們其實就是來找死的。

他跟孟嬰寧說的，其實都是實話。

雖然有誇張和後加工的成分，但他就是那麼覺得的。

蔣格料理完一切以後，留下一臉還沒回過神來半信半疑的孟嬰寧默默退場，深藏功與名。

孟嬰寧不知道陳妄都經歷了什麼，又不敢問，但就這麼放著不管，她有點於心不忍。

她採取了比較委婉的方式，對陳妄灌雞湯。

這個世界總歸是充滿了希望與愛的！

沒有什麼困難和痛苦是真的過不去的，如果實在過不去。

那就慢慢過。

她對自己這番發言還算滿意，說完，她抬起頭來想看陳妄的反應一眼，順便再加把火，說點什麼熱血臺詞。

回頭的同時，男人俯身，垂頭，靠近，兩人的距離瞬間拉近到幾乎沒有。

孟嬰寧瞬間僵硬。

夏夜寂靜，蟬鳴聲卻聒噪，雨已經停了，風帶著潮濕的泥土氣息。

陳妄的手腕被她拉著，人傾身湊過來盯著她的眼睛，聲音低磁，緩聲：「妳又喝酒了？」

黑夜惑人。

孟嬰寧站著不動，看著他的眼睛。

他的睫毛很濃，但有點短，眼窩深，山根特別高，鼻梁筆直一道刷下來，乾淨俐落得像雕塑，沒有一刀多餘的線條。

孟嬰寧無意識地吞了下口水，手指忽然有些癢。

她抬起手來，指尖落在陳安的鼻梁上，又往上，摸了摸他的眼睛。

陳安僵了僵，抬手一把抓住她的手，嗓子發啞：「幹什麼？」力道沒控制好，孟嬰寧吃痛，皺著眉「嘶」了一聲，可憐兮兮地：「疼……」

陳安鬆開手，直起身來：「孟嬰寧，妳別一喝酒就發瘋。」

「我還不至於兩罐啤酒就醉了，」孟嬰寧說，「我這是在安慰你。」

陳安側了側身，靠在窗臺邊，垂著眼，眸光斂著。

他把手裡燃了一半的菸掐了：「妳今天到底來幹什麼的？」

孟嬰寧仰著腦袋望天，假裝沒聽到。

「陸之州跟妳說什麼了？妳知道——或者妳以為自己知道了什麼，」陳安平靜地說，「讓妳能這麼委屈自己，連想我這種話都說出來了。」

什麼叫，這麼委屈著自己。

孟嬰寧直直盯著天花板上的燈，不看他，心裡難受得發酸。

「我也不知道什麼，就知道你退伍了，」她用力眨了眨眼，覺得要還無辜的陸之州一個清白，「不是陸之州說的呀，他什麼都沒跟我說，他不是那種背後說別人的人。」

陳安沉默一下，表情淡下來：「這麼維護他啊？」

他靠著窗，垂著眼睨著她：「就那麼喜歡嗎？」

孟嬰寧愣了一下，有點茫然，似乎沒聽懂。

「不是從小就喜歡陸之州？」陳妄說。

孟嬰寧明白過來了。

他以為她是喜歡陸之州的。

孟嬰寧睜大眼睛，聲音陡然高了：「我沒有！」她下意識後退一步，仰著頭看著他，急急解釋，「我沒有喜歡，我不喜歡他的。」

她反應激烈，看起來像個情竇初開被人撞破了心事的少女。

孟嬰寧也意識到了，越這樣越會被誤會。

她閉嘴不說了，深吸口氣，舔了舔嘴唇，平靜下來。

陳妄看著她，忽然問：「要我幫妳嗎？」

孟嬰寧抬眼。

「我知道他喜歡什麼、討厭什麼，我可以告訴妳他喜歡什麼類型的女生。」

孟嬰寧聽明白了，睫毛顫了顫，不說話。

陳妄沒什麼情緒地說：「要不要我幫忙？可能妳就能變得讓他喜歡妳了。」

孟嬰寧看著他，還是不說話，那眼神像是第一次認識他似的。

「不用啊？」陳妄懶洋洋笑了笑，「他不喜歡妳也沒事嗎？」

孟嬰寧抿著唇，眼睛終於紅了。

陳安怔了怔。

孟嬰寧意識到了，她匆匆垂下頭，聲音特別小地罵了他一聲：「王八蛋……」

她的聲音有點發抖，像是壓抑著什麼，帶著不易察覺的一點哽咽：「你就是個王八蛋。」

「啊，」陳安唇角垂著，淡聲，「可能是吧。」

孟嬰寧倏地轉過身去，抬手捂住眼睛，她不想讓他看見自己哭。

難堪的一面、出醜的一面、不灑脫不漂亮不好的一面，她都不想讓他看見。

明明一開始都是好的。

明明今天晚上一直到剛才，都還是好好的。

她希望能一直那樣。

但是好像沒有辦法。

孟嬰寧不知道為什麼現在又變成了這樣，她跟陳安兩個人在一起就像詛咒一樣，好像永遠都沒辦法好的。

好半天，孟嬰寧才垂下手，吸了吸鼻子，背對著他低著頭：「陳安，不是你不喜歡我這個世界上就沒人喜歡我的。」

孟嬰寧竭力保持聲音平穩，「我也是，會有人喜歡我的，我不用變成誰喜歡的什麼樣，就算陸之州不喜歡我，也總有人是喜歡現在這個我的。」

「你不能因為你不喜歡我，」她有些忍不住了，帶著哭腔說，「你不喜歡我，你就這麼說。你不想看到我，不想讓我找你，不喜歡我打聽你的事情你可以直說，不用說這種混帳話趕我。」

陳妄身體裡有什麼地方抽著疼了一下。

孟嬰寧蹭了蹭眼睛，轉身往門口走：「我回家了。」

陳妄好半天才找回自己的聲音：「我送妳。」

「不用，」孟嬰寧硬邦邦地說，她飛快拿起椅子上的包，走到門口穿鞋，「不麻煩你了。」

陳妄沒動，看著她踩上鞋子，逃似的開門出去。

一聲輕響，防盜門被關上。

陳妄走到沙發旁，脫力一般仰面躺進去，手臂搭在眼睛上。

眼前漆黑，房子裡一片空蕩蕩的寂靜，女孩子啞著嗓子忍著哭聲的話在耳邊一遍遍迴盪。

委屈的、哽咽的。

每句話都難過得讓人咬著牙忍耐。

陳妄喉結滑動，搭在眼睛上的手手指蜷了蜷，聲音低啞：「靠。」

陳妄做了個夢。

大片大片紅的血跡染透了粗糙的水泥地面，順著牆面蔓延著流到腳邊，男人低垂著頭被釘在牆上，猩紅的液體順著他的指尖滴落。

滴答。

滴答。

男人抬起頭來，看著他的方向，眼眶的地方是兩個漆黑的洞：「陳妄。」

他似乎在看著他，聲音嘶啞得幾乎分辨不出，像是被什麼東西割開了：「你怎麼還沒死。」

「都是因為你，明明是你的錯，」他輕聲重複，「你應該死的，你有什麼資格活著？你有什麼資格過得好？」

陳妄渾身的血液都被凍住了。

男人忽然笑了：「我要走了。」

「阿妄，我不想死，我才……剛求了婚，我不想死。」

「我撐不下去了。」

男人閉上眼，淚水混著血從眼角滑落：「但你要活著。」

「我不怪你。」

陳妄睜開眼。

他還躺在沙發上，入目是灰白朦朧的天花板，廚房的燈還開著，暖黃的光在地板上為餐桌打出傾斜的影。

午夜寂靜，客廳的窗沒關，風帶著涼意鼓起窗簾，窗外滴滴嗒嗒的水聲響起。

陳妄撐著沙發坐起來，側頭看了漆黑的窗外一眼。

又下雨了。

太陽穴一跳一跳的疼，陳妄起身走進廚房，從冰箱裡拿了罐啤酒出來，一手關上冰箱門，另一隻手食指勾著拉環拉開。

冰涼的酒液下肚，混沌的腦子清醒了不少。

陳妄拿著啤酒走出廚房，路過餐廳，看見餐桌上之前裝蘋果派的空盤子。

陳妄抬指，食指輕敲一下空著的鐵盤盤邊，沉悶的一聲響。

孟嬰寧剛才看見這東西的時候一臉驚嚇過度的樣子，眼睛瞪得像顆葡萄，似乎完全沒想到他真的會做，畢竟他以前連碗麵都沒煮過。

想起她那副傻樣，陳妄垂下頭，低笑了聲。

陳妄軍校畢業剛入伍那幾年特別忙，別說放假回來，連休息的時間都不怎麼有。

好幾年後，他放了第一次假，不到一個禮拜。

那時孟嬰寧上大學了，女孩考了個挺好的學校，在外地，據說上課很忙，陳妄看了陸之桓手機裡她的照片，對著鏡頭笑著回過頭來，明眸皓齒，眼睛甜甜地彎著。

特別漂亮。

兒時玩伴們聚在一起很容易聊起以前的事，當天晚上聊天，二胖忽然道：「欸，陳妄，你還記不記得街頭那家甜點店？你沒事就帶狐狸去的那家。」

「嗯，」陳妄抬眼，「怎麼了？」

「關門了，老闆店面都退租了，」二胖說，「那時候也只有你愛帶著狐狸去，後來你走了，我怕她想著，我說我帶她去吧，她還不要，說不想吃了。」

二胖嘖嘖道：「結果上次一回來發現這店不做了，不開心了一個禮拜，天天碎碎念。」

陳妄聽著，沒說話。

那家店是一對夫妻開的，年紀很大了，會關門也是早晚的事。

但關了門，嬌氣包可就吃不到她喜歡的蘋果派了。

陳妄想，萬一再過幾年孟嬰寧回來，他也回來，兩個人又生氣了怎麼辦？

她又不理他了怎麼辦？

小女孩倔得很，生氣起來說不理他就真的不理他。

他不是陸之州，不會說話，也說不出那些話來哄她。

但是他還是想哄她。

他也想讓她高興，不是因為陸之州或者別人，而是因為他高興。

陳妄第二天去了那家甜點店，大門拉著，櫥窗上還貼著一張寫著出租的紙，下面有一行電話號碼。

陳妄試著打了電話過去，老闆接了，聽說是他，很驚喜：『我說你怎麼這麼久沒來了，小夥子出息啦。』

『你沒來，孟ㄚ頭也沒來過。』

『不做啦，準備回老家養老了，年紀大了，也想過點悠閒的日子。』

陳妄站在店門口，清了清嗓子：「您打算什麼時候回？」

『這邊基本上沒什麼事，收拾收拾下週就走了。』

那應該還來得及。

「您要是方便，」陳妄頓了一下，舔了舔嘴唇，又摸一下鼻子，「走之前能不能教教我……就那個，我們一直吃的那個派怎麼做。」

一連幾天，帝都陰雨連綿，雖然也不大，但是淅淅瀝瀝的下一下停一下始終沒完沒了，就連空氣都黏糊糊的潮著，弄得人心裡很不耐煩。

辦公室門口，白簡和隔壁美術部小張湊在一起，很小聲地竊竊私語：「她到底怎麼了？」

「不知道啊，前天開始就這樣了，問她就說沒事，」白簡嘆了口氣，「以前還天天跟我開玩笑呢，現在一天都說不了幾句話，只埋頭幹活。」

「說最少的話，加最多的班，」小張點點頭，「可能多少還是被最近公司裡那些說裁員什麼的影響了吧，我就說剛出來工作的小女生，是特別害怕被炒魷魚的。」

「那不可能，你沒跟她一起工作過，你不懂。」白簡嘆道，「而且就她現在這個班這點薪水，一個月還沒人家接一個廣告給商店當一天模特兒拿的錢多。」

白簡說著說著，惆悵地嘆了口氣：「現在長得好看還真的是能當飯吃。」

小張剛要說話，孟嬰寧手裡抱著一大堆剛影印好的紙稿面無表情地走過去了。

小張立馬閉嘴了。

等她過去，小張瞬間鬆了口氣：「還真的挺有氣勢的，有點像歡姐前幾天忘了喝太太口服液那陣子，那種令人窒息的氣勢……」

白簡瞪了他一眼。

小張閉嘴了。

孟嬰寧連著低氣壓了好幾天，直到週五下午臨近下班的時候，李歡站在辦公室前拍了拍巴掌，把所有人的注意力都轉移過去說：「知道你們這段時間工作忙，壓力大，還愛胡思亂想，不過放心吧，你們不放心的事基本上不太會成為現實。」

所有人都鬆了口氣，小張猛拍一下桌子，張開雙臂：「德瑪西亞！」

李部長看了他一眼。

小張閉嘴了，李歡回過頭，繼續說：「所以呢，為了讓你們放鬆放鬆，能保證以後更高的工作效率，下個禮拜週末會安排一次員工旅遊……」

她還沒說完，小張又跳起來了，咆哮道：「為了部落！」

「……」

李部長轉過頭來，慈祥地看著他：「小張，你不用去了，你留下來打掃衛生。」

小張：「……」

孟嬰寧來《SINGO》沒幾個月，還沒感受過這個公司的員工旅遊，白簡看她一臉平靜，甚至有點走神，過來拍了拍她的腦袋：「想什麼呢？」

「沒什麼，」孟嬰寧扭過頭來，「這個旅遊是必須去的嗎？我不想去的話可以請假嗎？」

「可以是可以，」白簡瞪大了眼，「妳要請假啊？」

「嗯，」孟嬰寧扭頭，整理一下桌面上的東西，這時臨近下班時間，也沒人工作，都湊在一起談論旅遊的事，「我週末接了個拍照的工作。」

「錢以後可以再賺，我們公司的員工旅遊過了這個村以後可就沒這個店了，」白簡拍著桌子，湊過來，「妳知道我們公司老總有多有錢嗎？」

「不，不應該這麼說，」還沒等孟嬰寧說話，白簡自己糾正起自己來，「妳知道我們公司老總有多捨得花錢嗎？」

孟嬰寧老實地搖了搖頭。

「我們公司員工旅遊，去年標配海島別墅群，五個人一棟的那種，窗外就是連著海的無邊泳池，六斤的波士頓大龍蝦，」白簡嘆了口氣，惆悵道，「我也換過幾家公司，第一次見到這種規模的員工旅遊，那短短兩天時間我感覺自己像個公主。妳是沒見過，老闆兩臺邁巴赫開道，下車的那一瞬間——」

白簡突然不說了。

孟嬰寧特別有耐心地等了一下：「一瞬間？」

白簡臉紅了：「特別帥。」

「……」

孟嬰寧心道再帥難道還能帥得過我竹馬嗎？

在意識到自己又想起陳妄的一瞬間，孟嬰寧恨不得自己打自己一拳。

太煩了。

太煩了。

簡直陰魂不散無處不在，除了上班專注做事情的時候能心情好一點，只要一閒下來，這個人，和他說過的那些話就拚命往腦子裡鑽。

一直到下班時間，孟嬰寧慢吞吞地從桌子上爬起來，站起來往洗手間走，從裡間出來以後走到洗手檯前，手撐著大理石檯面，看著鏡子裡的人。

眼圈黑著，眼袋都快比眼睛大了，唇角無精打采地垂著，唇色有點白。

孟嬰寧，妳有出息點。

這個世界上的男人是死絕了嗎？兩條腿的男人不是到處都是，為什麼要天天想著一個王八蛋？

孟嬰寧嘆了口氣，打開水龍頭，抬手，撲了一捧涼水在臉上。

冷水刺激過，精神了不少。

孟嬰寧抽了張紙，慢吞吞地把臉上的水珠擦乾淨，轉身出了洗手間。

迎面有人走過來，孟嬰寧餘光掃了一眼，低垂著頭慢條斯理地擦手，一邊側身往旁邊讓了讓。

結果那人也跟著往旁邊側了一步。

孟嬰寧又側了側身。

那人幾乎是同時，也跟著走了半步。

孟嬰寧抬起頭來。

男人一臉尷尬地摸了摸鼻子，莫名其妙地道了個歉：「不好意思。」

孟嬰寧後退一步，點點頭：「郁主編。」

《SINGO》新任主編郁和安，沒別的優點，就是特別的溫柔。

上任第一天，這人在晨會上非常有禮貌地跟所有人都打了招呼以後，微笑著把主刊從創刊到現在每一期主題從頭到腳瘋狂叼了一遍，廢了新刊所有的專題和稿子讓她們禿頭熬夜連續加班三週，成為《SINGO》這本雜誌有史以來最龜毛的主編。

溫潤如玉的挑刺第一人，穩坐雞蛋裡挑骨頭冠軍寶座不動搖。

孟嬰寧還很清楚的記得，她在解決完陸語嫣這件事以後，這人在會議室裡不緊不慢地溫聲道：「長得真的很像羊駝，林老師是不是腦子裡進了什麼不乾淨的東西了？為什麼會莫名其妙找一個這樣的封面模特兒？《SINGO》創刊的時候定位就是高端的尖端精英雜誌路線，封面模特兒、明星就算不找準一線，至少也不能扶貧。」

郁和安微笑著說：「找她拍封面，難道我是要做一本《動物世界》嗎？首頁大標題——神祕動物的魅麗：探索羊駝的前世今生。」

「……」

鴉雀無聲。

看看，什麼叫溫良恭儉，什麼叫公子如玉。

孟嬰寧覺得還挺神奇的，這人竟然能把龜毛毒舌刻薄這幾種屬性和溫柔完美融合。

她打完招呼，郁和安也跟著往後退了半步，溫聲道：「臉色不太好。」

「……」孟嬰寧一臉茫然：「啊？」

「你們總監說妳最近沒什麼精神，我看妳開會的時候確實經常走神，是有心事嗎？」郁和安溫聲說，「如果有什麼煩惱可以跟我說說，我還挺會開導人的。」

「……」

主編你說這話的時候是認真的嗎？

孟嬰寧受寵若驚：「也沒什麼，最近可能沒怎麼休息好。」

郁和安：「最近大家壓力確實都大，不過有些時候自我調節還是挺重要的，無論如何，自己的事情也不應該影響到工作效率。」

孟嬰寧勵志成為一條完美的狗腿子，恭敬道：「郁主編您說得是。」

「所以趁著這次員工旅遊好好調整狀態，」郁和安看著她，微微一笑，「要是再讓我看見妳開會的時候盯著窗戶外面走神叫妳好幾遍都沒反應，妳就不用在編輯部幹了，每天有那麼多心事，不如乾脆直接去一樓掃廁所對著馬桶傾訴一下。」

孟嬰寧：「……」

郁和安這人雖然說起話來讓人恨不得找人套上麻袋錘他一頓，但最近也確實是她的錯。太多的心思放在陳妄身上，導致她現在每天都像一個失魂落魄的戀愛腦，也確實該被人罵一罵了。

想通以後孟嬰寧泡了個泡泡浴，敷了個面膜，晚上聽著純音樂舒舒服服地睡了一覺。

第二天是週六，睡前，孟嬰寧約了陸之桓：『二狗睡了嗎？』

陸之桓那邊秒回：『有事您就說！』

孟嬰寧：『明晚有空嗎？出來喝幾杯？』

陸之桓：『！！！』

隔著螢幕，孟嬰寧都能感受到他的興奮：『我他媽太有空了，你們一個個都忙得跟狗一樣，終於有人來陪我玩了。』

陸之桓：『狐狸，還是妳最夠意思，我天天叫陳妄哥，他都不出來。』

不出來最好。

孟嬰寧再也不想看見陳妄了。

她是瀟灑的小狐狸，何必在一顆樹上吊死。

還是這種基本上這輩子應該都不會開花的萬年鐵樹。

孟嬰寧現在一聽這名字就來氣，她敷著面膜，翹著二郎腿，打字：『叫他出來有什麼意思，三天蹦不出兩個屁來的老男人，不如幫我叫兩個小帥哥。』

孟嬰寧頓了頓，也不知道是在跟誰置些什麼氣強個什麼勁，咬著嘴唇氣呼呼地胡說八道：『要浪的。』

對於出去玩這種事，陸少爺向來是有著無限熱情的。

選的地方還是上次開電音趴的時候去的那家酒吧，孟嬰寧到的時候場子已經很熱了。

大包廂裡十多個人，氣氛熱烈，很亂，有的人孟嬰寧是認識的，也有幾個不認識，她推門進去，掃了一圈，最後視線落在角落裡的男人身上。

陳妄與世隔絕地坐在沙發角落，指間夾著根菸，目光落在門口。

兩人視線對上，孟嬰寧嘴角一抽，差點奪門而出。

說好的陳妄哥天天叫也不出來呢！

陸之桓舉著冰桶往伏特加里倒冰塊，聽見聲音扭過頭，看見孟嬰寧來了，冰桶往茶几上咣當一摞，高聲道：「朋友們！我大哥來了！來來來，剛才說網紅本人和照片是兩個人那個呢，二蛋，給老子滾出來，看著我們小仙女的臉把這話再說一遍。」

某個他媽不知道為什麼外號叫二蛋的男人壓下幾分驚豔，笑道：「本人和照片確實是兩個人啊，可比照片好看多了，跟剛下凡似的。」他頭一側，朝孟嬰寧打了個招呼，「晚上好啊，仙女。」

孟嬰寧挺有禮貌地打了招呼。

陸之桓滿意了，張開雙臂道：「今天這個場子是我幫我大哥張羅的，我大哥最近心情不好，昨天晚上特地囑咐我，讓我多叫幾個帥哥！」

孟嬰寧直覺陸之桓這個不可靠的人大概說不出什麼正經話來。

她抬眼，下意識看了陳妄一眼，想起昨天晚上都跟陸之桓說了些什麼，忽然就沒膽了，有種特別強烈的想把桌上的冰桶扣在他腦袋上好讓他閉上嘴的衝動。

可惜陸之桓並不能跟她心意相通，下一秒，他手臂往回一收，單手舉起，五指張開往下一壓：「我大哥說了，她喜歡浪的，」陸之桓興奮地強調道，「要浪的！」

孟嬰寧：「……」

這個欠扁的陸之桓。

陳妄沒想到，他走了十年，孟嬰寧現在出來玩起來能瘋成這樣。

還要浪的。

挺野。

孟嬰寧顯然也沒想到陸之桓會直接說出來，耳朵紅了紅，有些絕望地閉了閉眼睛。

再睜眼時，她下意識又偷偷瞥了陳妄一眼。

男人低垂著眼，夾著菸端起桌上的酒，喝兩口放下，側臉看起來依然是避世離俗的冷漠。

人家根本看都沒看這邊，不關心、不關注。

孟嬰寧感覺自己像是被一桶冰水兜頭潑下，連羞恥和尷尬都顯得自作多情。

孟嬰寧覺得自己也太沒出息了。

裝不認識能有多難，孟嬰寧腮幫子一鼓，又憋回去，笑著進去，回手關門，在陸之桓讓出的地方坐下了。

她一坐下，陸之桓就笑得很欠的湊過來，小聲說：「幫妳挑了三個，妳看看哪個看起來浪一點。」

說完，還認真地建議她：「不過我覺得啊，玩玩就不說什麼了，要是認真談還是別要太那個的，妳這個母胎單身找太騷的不合適，雖然妳喜歡浪的。」

「……」孟嬰寧一言難盡地看著他，一時間也不知道該怎麼解釋：「好了閉嘴吧。」

陸之桓閉嘴了。

算起來的話，其實大院所有小孩裡他跟孟嬰寧最鐵，打從有記憶起就混在一起，陸之桓看著孟嬰寧從小美到大，小學的時候就有男生天天遞情書跟她告白，就這麼一直遞到了大學。

原本以為她是因為不想早戀，再加上那陣子陳妄和陸之州護得嚴，結果大學四年一晃過去了，又進入職場，都沒聽她提過男人。

就這麼母胎單身到現在，陸之桓很長一段時間都以為她不喜歡男人。

所以在孟嬰寧昨天晚上說要他找幾個小帥哥的時候，陸之桓是挺興奮的。

他覺得姐妹終於開竅了，準備開始談戀愛找男朋友了。

陸之桓把這事當做相親來完成，摩拳擦掌點燈熬油精挑細選了一整個晚上，最後挑出來的幾位個個都是叫得上名字的。

卓領科技傅二公子，湯誠會館小少爺，翰林重工太子爺。

陸之桓全程十分謹慎，畢竟狐狸初戀，他雖然覺得自己挑這幾個都不錯，但他自己平時渾慣了，可能眼光也並不是那麼的客觀。

他自己混混可以，狐狸必須要找個好人。

陸之桓覺得自己急需一個可靠的參謀，明天能鎮得住場子的，順便幫他物色物色這三位裡到底哪個更適合孟嬰寧。

陸之桓腦海中靈光一現，想到陳妄。

他沒猶豫，當即傳了訊息給陳妄：『陳妄哥，明天有空嗎？』

陳妄：『沒有。』

陸之桓：『狐狸明天晚上要找男朋友，我想著讓你幫忙看看呢，沒有就算了。』

陳妄沒聲了。

陸之桓也習慣了，放下手機繼續翻聊天通訊錄選婿。

十分鐘後，陳妄：『幾點？』

陸之桓：「……」

場子鎮是鎮住了，不僅鎮住了，好像還有那麼點冷。

陳妄敞著腿大咧咧坐在沙發裡，人往後一靠，看著包廂另一邊的歡聲笑語。

孟嬰寧身邊花團錦簇，她是那種很容易招人喜歡的性格，男生、女生緣都很好，這時三、四個男的圍著她聊，眼珠子都快掉到她身上了。

陸之桓脫身出來，湊到陳妄旁邊，跟著他一起默默觀察。

觀察了一陣子，陸之桓指著旁邊穿粉襯衫的：「陳妄哥，你覺得這個怎麼樣，我看挺好的。」

陳妄順著他指著的方向看過去一眼。

細眉細目丹鳳眼，那身板看起來薄薄一層。

粉襯衫端著酒杯遞給孟嬰寧，女孩接過來，兩人輕輕碰了一下杯。

粉襯衫頭湊過去，在她旁邊低聲說了些什麼，聲音被嘈雜的背景掩蓋得乾乾淨淨。

孟嬰寧被他逗笑了，女孩的眉眼浸在嘈雜的五光十色裡，雪膚紅唇，脖頸纖細，鎖骨很翹。

陳妄略一瞇眼。

陸之桓沒發現陳妄的目光已經換了個人，還在說：「時下最流行的長相，妖孽款，最關鍵是符合狐狸的審美。」

陸之桓肯定道：「挺浪。」

「……」陳妄不動聲色移開視線：「這人男的女的？」

陸之桓愣了下：「男的啊。」

「哦，我以為是女的呢，」陳妄唇角略一扯，懶聲嘲諷，「我還看了半天。」

「唉陳妄哥，你不懂女人，你不能用我們男人的審美來判斷，我還覺得你這樣的最帥呢，但是昨天狐狸說了，」陸之桓伸出一根食指來，朝他搖了搖，「不喜歡你這種兩天蹦不出三個屁來的老男人，太悶。」

「……」好半天，陳妄說：「我老？」

陸之桓提著口氣觀察一下他的表情，猛搖頭：「男人三十一朵花，你還不到三十，一捧花。」

陳妄：「我悶？」

陸之桓頓了頓，遲疑著說：「那確實是……有點？」

「……」

陳妄點點頭，菸蒂丟在地上：「行。」

孟嬰寧和湯誠會館的易小少爺喝了兩杯，威士忌換啤酒，她對自己的酒量有數。易小少爺也是個小人精，風趣禮貌舉止不逾越，眼睛狹長很漂亮，笑起來像韓國一個明星，是很擅長和女生聊天讓人輕易心生好感的類型。

這麼討喜的一個人，孟嬰寧也不知道為什麼有點聊不下去。

她儘量把注意力都放在面前的人身上不去注意陳妄，然而不太順利。

沒有對比就沒有差距。

陳妄的長相太搶眼，長腿伸著懶懶散散往那一坐，眼前這位易少爺頓時就變得奶油了起來，讓孟嬰寧覺得有點膩。

她放下啤酒站起來，藉口去洗手間，出了包廂門。

門一關上，包廂裡的震耳欲聾被隔絕了大半，隱隱能聽見裡面放的是槍與玫瑰的〈welcome to the jungle〉，陸之桓繃著嗓子在那鬼哭狼嚎。

孟嬰寧轉身往洗手間走，走到旁邊路過垃圾桶的時候腳步頓了頓。

陳安回來的時候，她第一次看見他也是在這。

太久不見，那時渾身上下的細胞都在緊張地叫囂著，讓她慌張到手足無措，讓她莫名其妙想要拔腿就跑。

孟嬰寧甚至還記得那時候的心跳，每一下都雷霆萬鈞，重得像是下一秒就要跳出來了。

就像時光一下子穿梭回十年前。

看不見他的時候想看著他，看見了又想逃，連送瓶水都要絞盡腦汁找藉口。

大抵年少時暗戀一個人都是如此，想靠近他，又怕他靠近。

但當年的孟嬰寧，絕對不承認這個「他」是陳安。

孟嬰寧覺得，這麼多年她毫無長進。

她嘆了口氣，從女洗手間出來，走到洗手檯前。

包剛放下，隨意一抬眼，剛剛想的人出現在眼前了。

還是原來的那個垃圾桶。

心愛的垃圾桶。

甚至連拿著菸的姿勢都沒變。

這是你的特等席啊？

孟嬰寧輕描淡寫一眼掃過去，沒看見他似的，淡定地抬手，開水龍頭，洗手。

洗手乳剛擠到手上搓出泡沫，孟嬰寧餘光瞥見陳妄掐了菸丟進垃圾桶裡，直起身來往包廂的方向走。

孟嬰寧收回視線，垂頭，洗手洗得很專注。

路過洗手檯的時候陳妄也沒看她，直接走過去，步伐乾脆俐落。

兩個人陌生人似的直接遠距離擦肩。

孟嬰寧屏住呼吸等他走過去才鬆了口氣。她回過頭，悄悄看著他走遠，男人的背影高大，黑襯衫勾出寬肩窄腰，腿很長。

孟嬰寧咬了咬下唇，剛要扭回頭去，陳妄忽然轉過身，孟嬰寧偷看被抓了個正著，嚇了一跳。

陳妄冷著臉大步朝她走過來。

孟嬰寧想營造出一種完全不 care 的效果，這個時候如果再假裝自己沒在看他什麼的，就顯得賭氣得有點太刻意了。

所以她沒動，就這麼看著他走過來，在她面前停住：「怎麼不躲了？」

距離有點近，孟嬰寧不自在地往後退了一點：「我躲誰了……」

她前腳剛動，陳妄緊跟著往前一步，低聲說：「不是我嗎？」

男人的氣息帶著十足的侵略感，不由分說壓下來，冷冽厚重，和他的人一樣酷得沒半點人情味。

孟嬰寧的耳朵開始發燙，她偷偷吸了口氣，壓下心裡那點不平靜，竭力平靜道：「我躲你幹什麼？我還需要躲著你嗎？」孟嬰寧一臉「你誰啊」的表情，「我本來也沒有和你接觸的必要好嗎陳先生。」

陳妄沉默看著她，眼神很冷。

孟嬰寧瞬間遍體生寒，後脖頸的汗毛都快立起來了，無意識縮一下肩膀。

「是沒什麼必要，」陳妄垂眼，眸光暗而沉，「那請問孟小姐能不能專一一點，有喜歡的人了還能跟別的男人那麼開心聊一個晚上？」

「……」孟嬰寧瞪著他，有點炸毛：「誰不專一了！」

「妳就算自暴自棄，也不用找個是男是女都分不清的，」陳妄冷眼睨她，「妳就喜歡那樣的？」

孟嬰寧憋著的那股委屈的火又被引燃了，她氣得都忘了尷尬，「對，我自暴自棄行不行？我就喜歡那樣的，我特別喜歡，陸之桓說的你沒聽見嗎？我就要浪的。」

「……」陳妄沉默幾秒，緩聲重複道：「就要浪的？」

「是啊，」酒壯慫人膽，孟嬰寧深吸口氣，「現在，無論我面前站著誰，只要他浪起來我就要，怎麼了？」

孟嬰寧擲地有聲道：「我不僅要，我還要跟他談戀愛，談好了我說不定還會跟他結婚。跟你有什麼關係？」

陳妄氣笑了。

他霍然直起身，槽牙死死咬著，舌尖抵住笑了一聲，又單手撐著洗手檯水池邊，彎下身，重新把距離拉回來：「跟我有什麼關係？」

「孟嬰寧，」陳妄俯身看著她，咬牙道，「妳看清楚妳面前現在站著誰，我要是浪起來，妳也能要？」

第九章　好心的陌生人

孟嬰寧說這話的時候沒多想，兔子急了還咬人，急火攻心下只想嗆人，什麼喜歡不喜歡的都不重要，吵架要緊，不管多喜歡該嗆還是要嗆。

二樓包廂的走廊安靜，一樓和包廂裡的聲音都被隔絕的很遠，水龍頭還沒關，水流嘩啦啦的在耳邊響。

男人弓著身靠過來，距離太近，孟嬰寧被逼得上半身往後仰，臉開始發燙，不知道是因為酒精的作用還是其它原因。

她的氣焰被滅了大半，拄著池邊檯面的手臂有些抖，努力壓下了心裡那點忍不住冉冉升起的自作多情。

孟嬰寧深吸口氣：「要啊。」

陳妄一頓。

孟嬰寧說：「現在，就算我面前站了條狗，我也樂意。」

說完，孟嬰寧閉上了眼睛。

「……」

落針可聞。

孟嬰寧想像一下陳妄氣得把她拍到牆上，或者抓著腦袋塞到洗手池裡之類的畫面，已經做好了向死而生的準備。

她等了半天，陳妄半點聲都沒有。

孟嬰寧小心翼翼地把眼睛睜開一條縫，偷偷看他。

陳妄沒動，周身陰沉戾氣散了大半，垂眼直勾勾看著她，深黑的眼底情緒莫辨。

片刻，陳妄緩慢地直起身來，後退兩步，靠著池邊站。

「孟嬰寧，」他看著她，放緩了語氣低聲開口，「妳喜歡誰，想和誰談戀愛或者結婚，是跟我沒什麼關係。」

孟嬰寧怔了怔。

「妳覺得我管得寬，但這不是讓妳找些亂七八糟的男人胡鬧的事，」陳妄語速慢，聲線低壓著，帶著點疲憊和很深的無力感，「如果真遇上可靠的了，妳喜歡，那我祝福，妳跟他談戀愛跟他結婚我都不管。」

孟嬰寧看著他。

「他要是欺負妳，對不起妳，妳跟我說，」陳妄頓了頓，緩聲繼續說：「陳安哥護著妳。」

他的聲音很低，發啞。

記憶裡，很久以前他也說過這話。

也許是因為喝了酒，也許是因為時隔太長時間，孟嬰寧有些記不清楚了。

她安靜站在洗手檯邊，沒有說話。

像流淌在動脈裡的血液混進了細膩的沙，磨著四肢百骸生疼，找不到痛處在哪，卻沒有一處不疼。

她其實有很多想說的。

她想說，我喜歡的人是不會喜歡我的。

他根本什麼都不知道，什麼都不明白。

他自顧自地說過了那麼多讓人傷心的話的時候，你要怎麼護著我。

我連為他傷心難過，被他在意被他傷害的資格都沒有的時候，你要怎麼護著我。

但是有些話是說不出口的。

暗戀一個人太久，連多看他一眼也會膽怯，說的每一句話都要斟酌得小心翼翼。

更何況十幾年的相識，那些蠢蠢欲動的，迫不及待想要脫口而出的，懷著一點希冀和奢望的小小心思，只要真的說出口了，兩個人就會瞬間被拉開距離。然後一堵牆咣當砸下來立在中間，上面貼滿了無窮無盡的尷尬和刻意，最後只剩下疏遠。

喜歡一個人不是就算告白以後不能做朋友又怎麼樣，我又不缺朋友。而是就算只能做朋友，也想離他近一點，再近一點。

有些人就是只適合做少女時代的祕密而已。

孟嬰寧的鼻有點酸，她匆忙低垂下頭。

她聽見上方有很淡一聲嘆息，緊接著頭上有溫熱的觸感。

陳安抬手，揉了揉她的頭髮，低聲無奈：「別生氣了。」

孟嬰寧不抬頭，腦袋往後躲了躲，吸了吸鼻子：「你是想和我和好嗎？」

片刻沉默，陳安收回手，應了一聲：「啊。」

像很多年前。

眼淚毫無預兆掉下來，落在冷白的大理石地面上，悄無聲息地，孟嬰寧的聲音卻很平靜，輕聲說：「那就和好了。」

有些事，就只能只有她自己知道。

只能這樣。

陳安到家的時候不到十二點，一開門，看見廚房燈亮著晃蕩著一個人影，屋子裡有濃郁的咖啡香氣。

聽見開門聲，那人從廚房出來，伸著腦袋看他：「回來了？」他抬頭看時間，「還挺早。」

陳安進屋，直接走進廚房，拉開冰箱門拿了罐啤酒出來：「休息？」

「嗯，明天下午回，」陸之州端著杯剛泡好的咖啡，慢悠悠地小口小口喝，看了他手裡的冰啤酒一眼，「你這個胃，快爛了吧？」

陳妄沒理他，勾著拉環拉開：「要休息就回家睡你的覺，大半夜來我家幹什麼。」

陸之州拉了把高腳凳過來，坐在流理檯前一臉慈祥地看著他：「阿桓說今天叫你出去玩了？」

陳妄靠站在冰箱旁邊，仰頭咕咚咕咚灌完一罐。

陸之州：「還說介紹男朋友給狐狸？」

「……」

陳妄「嘖」了一聲：「你來是跟我說這個的？」

「是啊，」陸之州慢悠悠道，「好像其中一個，狐狸還挺喜歡。阿桓跟我說兩人聊了一個晚上，最後還互相交換了聊天帳號？」

「……」

「對了，」陸之州再接再厲，笑眯眯地側過頭來，看著他，「你的聊天軟體帳號現在弄回來了嗎？」

「……」

陳妄手指微動，捏在手裡的易開罐喀嚓一聲，扁了。

陳妄煩得想直接把這人扔出去：「你能閉嘴嗎？」

陸之州不能，他開始嘖嘖感嘆：「我們小嬰寧也到了這個年紀了啊，一眨眼都快二十四了，也該談個戀愛了。」

有些時候陸之州這人煩起來跟他弟弟簡直不相上下，煩得一脈相承，偏偏他自己心裡還沒點數，還在興致勃勃地說：「想想看，到時候如果我們嬰寧真的跟那個小易少爺成了，我們這群就連歲數最小的都有對象了。」

陸之州問他：「欸，阿桓說那小子叫易——什麼？」

陳妄：「易開罐。」

陸之州：「……」

「名字挺獨特，」陸之州忍著笑點點頭，整理一下情緒又道：「反正就算這次不能成——哦，不管這次能不能成吧，也總要有一個能成的不是嗎？」

陸之州嘆了口氣，說，「而我們阿妄，到時候依然還單著。」

「……」陳妄把手裡的易開罐扔進垃圾桶裡，轉過身來面無表情地看著他：「你到底想說什麼？」

「嗯？」陸之州一手端著咖啡，一手撐著腦袋，「我沒想說什麼啊，我感嘆一下時光飛逝歲月如梭，轉眼間小丫頭都快有男朋友了，你呢，有什麼打算？語嫣沒事就找我問你。」

陳妄斜靠著廚房牆站著，沒說話。

「算了，這些事我都不催你了，省得你又嫌煩，」陸之州鬧夠了，乾脆地見好就收，側頭掃了他這房子一圈，「但你打算就一直這麼樣？」

陳妄垂眸，扯了扯唇角：「操心你弟去吧。」

陸之州皺眉：「阿妄，我也是把你當弟弟的，以前的事我本來一直不想跟你提，但……」

「我知道，」陳妄直起身來打斷他，笑了笑，「差不多了啊，你是不是天生老媽子操心命，孟嬰寧和陸之桓不夠你管的啊？現在還想當我哥了？」

陸之州惆悵地說：「沒辦法，家裡最大的那個小孩就是苦一點，老大得出頭啊。」

陳妄哼笑，人出了廚房，沒多久又回來，丟了個黃色信封在他面前。

陸之州垂頭看了一眼，放下咖啡杯，頓了頓，問道：「這次也不去？」

安靜了好一陣子。

陳妄從口袋裡摸出菸和打火機，咔嗒一聲響，細細一縷火苗竄出來：「週末有事，下次吧。」

員工旅遊的日子定在週六，連著兩天，回來又是一個死亡星期一，痛不欲生的日子開始。

月刊還好，至少能清閒兩個禮拜，隔壁週刊幾乎每週都在享受這樣的生活。

「每次覺得人生沒什麼盼頭的時候就去樓下週刊編輯部看一圈，會覺得活著是多麼快樂的事情。」白簡歡樂地說，「這樣一想，就算這個員工旅遊是先給顆糖再打一棒子我也願意為主編獻出我的青春。」

小張湊過來：「白姐，妳已經沒有青春了。」

白簡抬手拍了他腦袋一巴掌，扭頭看向孟嬰寧：「對了，妳買衣服了沒，泳衣什麼的。」

這次員工旅遊選了新落成的日式山林溫泉酒店，據說一個房間一晚都要四位數五開頭，沒有波士頓六斤大龍蝦，但有神戶牛肉和刺身懷石料理。

孟嬰寧衣服很多，泳衣也不少，基本上全是送的，她推了週末的兩個約拍的攝影師，準備好好去玩一玩。

盛世美顏孟嬰寧想要找個男人是件多麼輕而易舉的事情。

沒戀愛過只是因為她不想而已，才不是因為陳妄這個狗男人。

也許她對陳妄現在的那點堅持只是源自於情竇初開的少女時代不可言說的執念呢。

孟嬰寧洗腦式自我催眠了一個禮拜，洗著洗著竟然還有點信以為真的趨勢，塞了滿滿一皮箱的東西，開開心心旅遊去了。

溫泉酒店建在津山半山腰，地處帝都郊區。

公司巴士開了近兩個小時，孟嬰寧早起睏得不行，在車上斷斷續續睡了幾覺，到的時候還是被白簡叫醒的。

初秋山林間溫度比市區低上不少，前幾天又下了雨，孟嬰寧下車的時候還有點迷糊，涼風裹著潮氣打得人一激靈，瞌睡蟲被遣退大半。

她哆哆嗦嗦地從箱子裡抽了件毛衣外套出來套上，白簡站在山腳下叫她，孟嬰寧原地跳了兩跳，縮著肩膀小跑過去，皺著小臉往白簡身上靠了靠：「白簡姐，冷。」

白簡瞬間母性爆棚：「哎喲我的小可愛，來來來姐姐抱抱。」

旁邊小張揹著個登山包湊過來：「白簡姐，我也冷。」

白簡：「滾。」

小張哭唧唧。

從山腳到山上有纜車，一行人說說笑笑走到山腳下纜車那又分了兩撥，一撥嚷嚷著要呼吸清晨清新的空氣遨遊在芬多精裡，準備爬山上去的，女生大多選擇坐纜車。

孟嬰寧是能坐著不會站著的人，幾乎沒猶豫上了纜車。

她跟白簡、小張同一個纜車，草綠色的纜車掛上索道緩慢向上，腳底略過山體葉岩和蒼翠樹尖，四面玻璃窗外是清晨幽靜的林壑。

她們幾個和後面幾車一樣坐纜車上來的是第一批到的，基本上都是女生，放了東西以後出去轉了兩圈，又在大廳裡等了一陣子，下面爬山的竟然還沒到。

小張癱在酒店大廳沙發裡：「我覺得，現在這群男的辦公室坐太久了，體能實在是不怎麼樣，爬個山怎麼還能爬這麼久呢？也太菜了。」

白簡習慣性嗆他：「你這個跟著女生坐纜車上來的好意思說別人？你更菜好不好，你還不如人家爬山的呢。」

同樣坐纜車上來的坐在旁邊單人沙發裡翹著腿看雜誌的郁和安抬起頭來，微笑著看向她：「嗯？」

郁主編看起來下一秒就要開始嘴炮了。

白簡驚慌地看了孟嬰寧一眼。

孟嬰寧窩在沙發裡睏得睜不開眼，接到白簡絕望的求救訊號以後從毛衣裡掙扎著伸出一隻手來，岔開話題：「主編，你看的是什麼雜誌？」

郁和安看她一眼，翻開雜誌封面略往她面前遞了遞。

是本運動雜誌，孟嬰寧有印象，實習的時候她在各個副刊線到處跑，記得這家算是運動週刊裡的老大了。

孟嬰寧側著身子靠在沙發扶手上，上半身略傾過去歪著頭翻看兩頁：「哦，這本，我記得《SINGO-SPORT》次次銷量要被它壓半個頭。」

郁和安沒說話，甚至還拿著雜誌往她那邊傾了傾身，孟嬰寧懷裡抱著毛衣外套翻雜誌，打著哈欠說：「不過定位不一樣，人家內容做的可比我們潮多了。」

兩人的沙發靠著，往前一湊肩膀幾乎碰在一起聊了一下，距離特別近。

孟嬰寧正睏著，精神不太集中，也沒注意，倒是郁和安，說著說著忽然停住了，話頭一轉，朝她側前抬了抬手：「那人，妳認識嗎？」

孟嬰寧茫然，跟著他指著的方向看過去，先看到蔣格。

少年戴著鴨舌帽，嘴裡叼著根白色的棒棒糖棍子倒著坐在椅子上，仰著頭說話，陳妄靠牆垂著眼站在他面前，似乎在聽。

他們旁邊還有幾個人，看起來像是認識的，大概是蔣格之前說的那個找死小分隊。

孟嬰寧忍下心中澀意別開眼，轉過頭來：「不認識。」

「哦，他剛剛一直盯著我，」郁和安溫柔一笑，「那眼神，還讓人怪害怕的。」

「……」孟嬰寧一時間真的有點說不清郁和安和陳妄誰更讓人害怕一點。

她垂頭繼續翻雜誌，悶聲道：「那可能是看上你了，眼神比較熾熱。」

郁和安：「……」

眼神確實是比較熾熱，熾熱得跟要殺了他似的。

還怪嚇人的。

郁和安再回頭，男人剛好抬起頭再次看過來，兩人視線對上，那人黑沉的眼底有藏得很深的，幾不可查的敵意。

郁和安挑眉，看了旁邊頭埋得深深的孟嬰寧一眼，若有所思地「唔」了一聲。

孟嬰寧以為他又要發言了，抬起頭來，恭敬地等著。

郁和安垂頭，溫柔地看著她。

孟嬰寧被他盯得遍體生寒，猶豫叫了他一聲：「主編？」

「喜歡？」郁和安說。

孟嬰寧：「……」

「喜歡就追啊，」郁和安惡趣味上來，悠悠道，「妳不追，他怎麼知道妳喜歡他？」

「……」孟嬰寧嘆了口氣：「沒想到您還挺關心下屬的感情生活。」

「不是跟妳說了嗎，非工作狀態我其實是個挺好的聊天對象。」郁和安笑瞇瞇地說，「我上一家雜誌社的助理以前跟他女朋友天天吵架，經常找我做軍師。」

「啊，那他現在感情路一定一帆風順吧。」孟嬰寧毫無誠意地狗腿道。

「沒，他分手了。」郁和安悠悠地說。

「……」

你是魔鬼嗎？

三個小時後，後面呼吸芬多精的爬山大軍終於哼哧哼哧地上來了，臨近正午，眾人放好行李分好房間，準備吃飯。

孟嬰寧補了一上午的覺，這時精力充沛，被叫去餐廳的時候還是忍不住走幾步掃一圈。

知道了陳妄也在這，想不去想這件事是很難的。

更何況他還是跟著他的找死小分隊一起來的。

孟嬰寧又想起之前蔣格跟她說的那些話，現在回想起來其實是很誇張的，但是真實性肯定多多少少也還是有的，剔除掉那些特別浮誇的，其實也能提取出很多東西。

他在玩一些很危險的東西，也許是為了刺激，也許是在逃避什麼。

作息很差，三餐不規律，菸癮重，喝很多酒。

不在乎自己身體的好壞，似乎也……不在乎自己的死活。

孟嬰寧捏著筷子戳在桌角，對著滿桌的龍蝦、刺身、帝王蟹嘆了口氣。

他到底來這幹什麼的？

孟嬰寧猶豫片刻，身子往後側了側，抽出手機，傳訊息給林靜年：『我員工旅遊碰見陳妄了。』

林靜年秒回：『？？？』

林靜年：『他沒把妳怎麼樣吧？』

「……」

孟嬰寧開始懷疑陳妄是不是小時候得罪過林靜年。

孟嬰寧咬了下筷子尖，放下，拿起手機艱難道：『他連理都沒理我。』

孟嬰寧：『雖然我們上一次見面是不太愉快，好吧，其實是每次都不太愉快，但是也和好了。』

孟嬰寧：『他竟然假裝沒看見我，都沒過來跟我說一句話扭頭就走了，這是什麼意思。』

孟嬰寧有些心酸，還有些委屈，又有點氣。

林靜年：『那就好。』

「……」

孟嬰寧不知道這種妳明明很難過但是閨密卻替妳鬆了口氣的心情要怎麼用語言表達。

過了十幾秒，林靜年又說：『不過我怎麼覺得妳的語氣這麼哀怨？』

孟嬰寧：『？』

林靜年：『像宮鬥劇裡失寵的妃子。』

林靜年：『皇上選秀納了新妃，每天歌舞昇平流連忘返癡迷於酒池肉林，只聞新人笑不見舊人哭，失寵的冷宮皇妃嚶嚶地和娘家姐妹哭訴。』

孟嬰寧看著她這個話怎麼想都有點小不爽，沒過腦啪啪打字：『誰會失寵啊！而且我為什麼是妃子，我不能是皇后嗎？就算是皇上他也不能有別的妃子！』

挺霸道。

林靜年：『……』

林靜年：『這個是重點？』

孟嬰寧：『……』

林靜年最後總結：『狐狸，妳不對勁啊。』

孟嬰寧手一抖，不敢回覆了。

晚上安排了試膽大會，午飯後下午的這段時間自由活動，那些爬山上來的一個個累成狗，成群結隊吵吵嚷嚷去泡溫泉。

每個房間裡有獨立池，但是人多其實去公共池更好玩一點，孟嬰寧被白簡拉著過去的時候裡面已經不少人了，朦朧霧氣中能看見人影和笑聲。

溫泉分室內和室外，室外露天泳場面積很大，男女混浴，穿泳衣進去，一眼望出去光池子就有幾十個，除了中間一個巨大的活水溫泉以外還有什麼紅酒的、生薑的。

這溫泉酒店老闆還挺幽默，孟嬰寧甚至在角落裡看見一個可樂的，黑乎乎的一池，中間咕嘟咕嘟冒著泡，看起來劇毒無比。

人幾乎都聚在中間兩個大溫泉池，白簡拉著孟嬰寧走近了才有人從霧氣中認出她們，走到池邊有人吹了聲悠長的流氓口哨。

小張臉紅了。

雜誌社裡漂亮女生多，在攝影棚裡又偶爾會見到明星、模特兒什麼的，時間久了眼光自然就高了，但老實說，孟嬰寧剛來的時候也實實在在地讓人驚豔了一把。

女孩雪膚紅唇，五官漂亮得挑不出毛病來，脖頸纖細修長，長睫翹翹，穿了件嫩黃色荷葉領襯衫，有點害羞地站在門口：「大家好，我是孟嬰寧，是新來的實習生。」

聲音軟得人骨頭都發酥。

小張當時覺得自己戀愛了。

很喜歡，連眼睫毛的弧度都恰好戳在了他的點上。

是仙女啊！仙女啊！

仙女下凡了！

仙女還穿泳裝！

仙女這時也不矯情，大大方方地順著池邊下了池子，水滾燙，她坐在旁邊適應一下，又拉著白簡的手扶她下來。

有同事大字狀趴在池邊笑道：「我們部門的顏值擔當也太能打了，妳說妳還在這裡熬什麼，每天頭髮一把一把的掉，這個顏值這個身材不如去當偶像出道。」

「你忘了上次聚會在KTV的時候了嗎？這丫頭唱歌跑調啊！」

孟嬰寧挺不服氣的：「我只是節奏不好，五音還是全的！」

「〈青藏高原〉能跑成〈月亮之上〉的五音？」

「可以去演戲啊，顏值就是正義，長得好看就行了，到時候這大長腿一撩，還唱歌幹什麼？」

話音未落，旁邊一個男同事一臉嫌棄地拍開他的臉：「我儘量不想把你當成一個猥瑣癡漢，你不要讓我為難。」

「嘩啦」一聲水聲，坐在旁邊的韓喬倏地站起身來，從池邊拽了條浴巾裹上，沉著臉走了。

一群鋼鐵直男根本沒注意，又調笑了兩句，湊到一起聊起了晚上試膽大會的事。

溫泉另一邊，氣氛截然不同的凝重。

蔣格也不知道為什麼，這溫泉水明明燙得人皮膚發紅，他竟然還覺得有點冷。

池子很大，活水溫泉霧氣蒸騰繚繞，周身能見度低，只能隱約看見另一頭池邊邊緣的輪廓和一堆人影。

那邊應該是一群朋友一起來的，十分熱鬧，正在聊天，大概是哪個妹子過來了，一幫人在那狂拍馬屁。

中間有個女生說話，聲音有點耳熟，好像在哪裡聽過，蔣格回憶一下，但沒想起來。

那邊馬屁終於拍完了，開始說起什麼試膽大會。

蔣格也放棄糾結這有點熟悉的嗓子，他是一個從不會被美色誘惑的少年，挺不屑的低聲道：「這群男的是不是沒見過女的？」

「還仙女下凡，還出道去當偶像，是長成花了啊？偶像還能隨便當的啊？心裡能不能有點數呢。」蔣格說。

「……」

蔣格持續不斷地作死，不想給自己一點活路，看得特別透徹地扯著：「現在的女的啊，但凡長得好看點的，身後就一堆人天天仙女前仙女後的捧著，其實他們哪見過什麼仙女。」

「我就不一樣了，我見過，」蔣格老神在在地伸出一根食指，搖了搖，「真正的仙女是不能跟凡夫俗子相提並論的。」

半天沒等到回應和肯定，蔣格不甘心地扭頭，看向陳妄：「你說是不是啊妄哥？」

陳妄跟沒聽見似的。

「哥，之前你帶回來的那個女生是真的好看，哪天再帶出來吃個飯唄。」蔣格也習慣了，就算沒人回應他也能自顧自地說下去進入自嗨模式，「對了，他們剛剛說晚上要搞個什麼活動？試膽的？」

少年正是好玩的年紀，就喜歡這些，頓時有些興奮：「我們要不要也玩一下？」

陳妄仰著頭靠在池邊，毛巾蓋在臉上半天沒動，聲音被溫泉泡得有些沙啞，言簡意賅：「滾。」

蔣格：「好嘞。」

晚上七點半，酒店門口。

孟嬰寧也不知道公關部為什麼會想出試膽大會這麼弱智的活動，明明可以窩在榻榻米上打打牌，卻偏偏要大晚上的湊在一起跑到外面來吹冷風。

孟嬰寧十二萬分不想去，掙扎無效拒絕不成，被白簡半拖著拖出來了，美其名曰提高默契值，溝通感情，大家都要參加，一個都別想跑。

她體質偏寒，怕冷，晚上的山林間又陰涼，一股風颳過來讓人一抖。

孟嬰寧裹著薄毛衣外套原地跳了兩下，看了前面幾個還穿牛仔短褲的女生一眼，頓時敬佩得五體投地。

等了差不多十多分鐘人才到齊，孟嬰寧蹲在地上搓著發涼的指尖，聽他們在前面講規則：「兩人一組，抽籤分，就從這到前面，今天下午去的那個涼亭，涼亭裡有號碼牌，拿回來就行。」

「兩個人別走散啊，」小張提高聲音提醒，「千萬要跟好隊友。」

孟嬰寧在後面抽了籤，看了一眼，四號，轉了一圈找四號是誰，最後等基本上大家都找到了隊友，孟嬰寧看見韓喬。

韓喬手裡拿著張紙條看著她，臉色不是那麼好。

孟嬰寧過去，看了她的號碼一眼，四號。

「……」

這還挺尷尬的。

找好了隊友的幾隊已經出發了，只剩下她們最後一組，韓喬翻了個白眼，一句話也沒說，徑自往前走。

孟嬰寧欲哭無淚，把紙條揣進口袋裡，只能跟著她。

初秋天黑的很快，七點半剛出來的時候還有點亮，不到半個小時已經黑下來了，好在這地方屬於旅遊景點，開發得比較澈底，路面不算太難走。

韓喬走得很快，完全沒有打算等她的意思，孟嬰寧開手機手電筒跟在後面，一邊走一邊回憶一下。

最近惹她了嗎？

沒有啊。

陸語嫣的事也過去挺久了，那點破事至於記到現在嗎？

也不至於吧。

既然是共同活動，大家就不能摒棄前嫌，和和氣氣地一起行動嗎？

夜晚的山林間再安全也有危險性，其他組說話的聲音隨著時間漸遠，就這麼走了十幾分鐘，孟嬰寧把手機手電筒往前照了照，怕了。

她停下腳步遠遠地，忍辱負重地喊了她一聲：「韓喬姐！」

韓喬沒聽見似的，漆黑的背影彷彿寫著五個倔強的大字——我要自己走。

孟嬰寧崩潰到都想不起來要發火了，心道妳難道就不害怕嗎？

這時其實也才八點半，但她是挺怕走夜路的人，主要是怕鬼，從小就膽子小到都五、六歲了看個卡通還能被比克大魔王嚇哭的選手，長大了膽子也沒有絲毫的長進。

有的時候忙起來加班到十點才回家，她都會讓計程車開到社區樓下，等電梯的時候也會打個電話給林靜年或者孟母，一直聊到進了家門。

四周一片漆黑，手機手電筒是唯一的光源，孟嬰寧顧不得別的，小跑著快步往前追，跑得太急，在一個很低的小臺階那被絆了一跤。

孟嬰寧的腳踝側著扭了一下，上半身前傾，整個人往前趔趄兩步，她堪堪穩住了才沒摔個狗吃屎，踝骨傳來一陣刺痛。

孟嬰寧吃痛輕叫了一聲，蹲下身來捏了捏踝骨靠下連著的那根筋。

一碰，痙攣著發麻的疼。

她咬著嘴唇蹲在地上，緩了一陣子，抬起頭來。

手機掉在地上，光源垂直著往上照，周圍的環境被光線染亮些許。

林深樹密，根莖扎進土地裡露出半截，黑乎乎的一片片盤虯交錯纏繞在一起。

巨大樹幹在黑夜裡投下暗影，像蟄伏在黑暗中的巨獸。

風颳著樹葉窸窸窣窣響，寒意順著腳底板往上竄。

孟嬰寧蹲在地上，撿起手機，頭都不敢回，她抖著手指滑開手機螢幕鎖，打開通訊錄翻出白簡的電話號碼打過去。

也不知道是她這邊沒訊號還是白簡那邊沒有，電話沒打出去，無聲無息地等了一下，螢幕上閃起了通話失敗。

孟嬰寧快哭了。

額頭抵住膝蓋，抱著臂蹲在原地，竭力保持冷靜。

她不知道前面的涼亭在哪，也不知道涼亭裡有沒有人，應該現在原路返回回酒店比較快一些，或者在這裡等著前面已經到過涼亭往回走的人回來？

但是不知道要等多久。

有冷風颳過，吹著她脖頸後的皮膚，像一雙冰涼的手從她背後緩緩伸過來。

孟嬰寧渾身一顫，什麼冷靜、什麼思考頓時全都沒有了，尖叫憋在嗓子眼裡，她嗚咽了一聲，哆哆嗦嗦地抬手，飛快把綁著的馬尾放下來，長髮披散下來蓋住後頸露在外面的皮膚。

她蜷成一團蹲著，不知道是過了幾分鐘還是幾個世紀，有腳步聲漸近，摻在風聲裡，聽起來像是幻覺。

孟嬰寧淚眼婆娑地抬起頭來，遠遠看見有人影從黑暗裡走過來。

朦朧月光下，那人漸近，五官的輪廓熟悉，唇邊垂著，眉眼在黑夜裡落下暗影。

孟嬰寧地手機丟在地上，忍著腳踝處尖銳的疼爬起來，踉踉蹌蹌迎著他跑過去，細弱哭腔裡帶著壓抑不住的恐懼：「陳妄……」

她不管不顧撲進他懷裡。

孟嬰寧那點貓兒膽沒有誰比陳妄更清楚了，小時候講個鬼故事都能嚇得小臉煞白哭著嗷嗷叫，剛上國中軍訓住宿那幾天晚上廁所都不敢一個人去。

附中國中部和高中部宿舍很近，林靜年國中跟他們不同校，孟嬰寧身邊又一個認識的人都沒有，那短短一個禮拜陳妄不知道陪她去了多少次廁所。

老宿舍的廁所在一樓，陳妄每次都要半夜從高中部的新宿舍那邊過來，到老宿舍女生寢室翻窗進來，站在女生廁所門口等著她從裡面出來再把人送上樓，然後翻窗出去回寢室繼續睡。

站在門口等的時候還他娘的要跟她對話。

現在想想也不知道哪裡來的那麼好脾氣，耐著性子由著她折騰。

所以在聽到那幫人說什麼試膽大會的時候陳妄根本不覺得孟嬰寧會去，就那小破膽和懶惰，應該只想留在房間裡睡覺。

蔣格是個喜歡湊熱鬧的人，人家公司安排活動，他特地蹲在門口圍觀，過了一陣子屁顛顛跑回來跟他說看見孟嬰寧了。

陳妄詫異挑眉。

蔣格繼續說，這妹子白著臉一臉心如死灰哆哆嗦嗦的，看起來好像還挺害怕。

陳妄沒說話。

十分鐘之後蔣格去廁所處理一下個人問題再出來，陳妄已經不見了。

懷裡的女孩纖細的手臂環著他的腰，頭深深埋進他懷裡，身體貼過來，隔著兩層衣料能感受到柔軟擠壓著的觸感。

陳妄僵了僵。

孟嬰寧抱著他，整個人抖成一團，手臂收得很緊。

陳妄指節微動，半晌，緩慢抬手，在她背上輕輕拍了一下。

「不怕了。」他低聲說。

他壓著聲線，在潮冷的空氣中震顫，像一把燃燒的焰火驅散了陰森涼意。

孟嬰寧緩過神來，額頭抵著他胸前襯衫衣料，鼻尖有菸草和乾淨的肥皂味混在一起，發澀。

男人的體溫很高，溫暖厚重。

孟嬰寧覺得她大概再也沒有機會能這麼明目張膽地，理所當然地抱著他。

想再抱一下。

可是又怕太明顯。

她像隻小狗似的吸吸鼻子嗅了嗅，很輕微的一點聲音，被黑夜無限放大了。

陳妄笑了一聲：「聞什麼？」

「沒什麼……」孟嬰寧慢吞吞地鬆開了手，往後退了一步，清清嗓子開口，「你怎麼在這裡？」

「……」陳妄頓了頓，說：「我夜跑。」

「哦，」孟嬰寧應了一聲，又很快抬起頭，皺眉，不放心地看著他，「你是不是又幹什麼奇怪的事情了？」

「……我幹什麼奇怪的事了，」陳妄好笑：「不是，蔣格那天晚上到底跟妳說什麼了？」

「沒什麼，」孟嬰寧偏頭，轉身想去拿手機，腿動了動，腳踝又是一陣火辣辣的疼，「嘶」了一聲，彎下腰看了腳踝一眼。

四周太黑，看不清楚扭成什麼樣，唯一的光源是遠處放在地上的手機手電筒。

孟嬰寧內心裡那點躍躍欲試的小奢望又開始躁動。

她的指尖縮在毛衣外套裡摳了摳，猶豫片刻，轉過身來，仰起頭來，遲疑著叫了他一聲：「陳妄。」

「我扭到腳踝了。」孟嬰寧說。

「……」

「特別疼，」孟嬰寧委屈地說，「我走不了路。」

陳妄：「……」

月光下，女孩仰著張小臉看著他，嗓音柔軟又可憐，撒嬌似的。

陳妄最受不了她這樣。

黑暗中，陳妄閉了閉眼，沒說話，走過去轉身，背對著她彎下腰。

孟嬰寧眨眨眼，特別乖地爬到他背上趴著，兩隻手搭在他的肩上。

隔著薄薄的襯衫，能感受到男人的體溫。

孟嬰寧的手指被燙到似的蜷了蜷。

心跳很快。

胸腔裡像是在上演萬馬奔騰，砰砰砰幾乎要跳出來，一聲比一聲清晰。

陳妄勾著她的腿彎直起身，把她揹起來，往前走。

走了兩步，孟嬰寧舔了舔嘴唇，一隻手捂著微微發燙的臉，另一隻手抬手拍他，儘量壓著聲音佯裝若無其事：「手機，我的手機！」

陳妄單手托著她，俯身半蹲把開著手電筒的手機撿起來，遞給她繼續往前走。

孟嬰寧接過來，舉著手機手電筒往前照，照亮前面的路，一本正經道：「你負責往前走。」

陳妄哼笑了聲：「妳負責趴著？」

孟嬰寧晃了下手機，歡快道：「我做你的燈。」

陳妄一頓，腳步停了。

你往前走。

我做你的光。

四周漆黑，她握著唯一的一點亮，柔和光源隨著她的動作一晃一晃的。

陳妟唇邊一點一點上挑，然後喉間緩慢地溢出一聲笑。

孟嬰寧不明所以，晃兩下腿，催他：「走呀，你站在這裡笑什麼？」

陳妟沒答，抬腿繼續往前走。

黑夜朦朧清寂，林間幽靜，夜色清明，陳妟步伐很慢，不急不緩往前。

兩個人都沒說話。

孟嬰寧趴在他寬闊的背上，彎起唇角，偷偷地、無聲的笑。

「陳妟。」她忍不住叫了他一聲。

男人聲音沉著，有低沙的磁性：「嗯？」

孟嬰寧其實也沒想好要說什麼，她只是腦子一抽，莫名其妙想叫叫他。

孟嬰寧努力想了想，非常牽強地問：「你為什麼叫陳妟？」

「……」陳妟：「妳這是什麼問題？」

「好奇一下不行嗎？」孟嬰寧把下巴擱在他的肩頭，她現在整個人終於放鬆下來了，聲音有點懶，「就像我的名字，是因為我出生的那天我媽正在看聊齋，看到嬰寧那篇的時候突然開始肚子疼，就叫這個了。」

陳妟無聲一哂：「那還挺隨便。」

孟嬰寧撇撇嘴，不再說話。

樹木沙沙作響，孟嬰寧微側了側頭，借著黯淡光線從斜後方看他。

男人側臉輪廓凌厲，下顎到脖頸的線條流暢，唇角略牽起幾不可查的弧度，黑色襯衫領口兩顆釦子很隨意地散著，近在咫尺的喉結鋒利。

孟嬰寧的喉嚨忽然有些癢，她忍住想要伸手去摸摸的欲望，鬼使神差地忽然又叫了他一聲：「陳妄。」

「嗯？」

孟嬰寧舔舔嘴唇，側頭盯著他：「我渴了。」

陳妄忽然側頭，看了她一眼。

孟嬰寧猝不及防，就這麼和他的視線直勾勾地對上，她還愣愣地看著他，沒反應過來。

陳妄略挑眉：「快到了。」

陳妄直接揹著她原路折回酒店，到酒店門口的時候沒看見有別人回來，倒是郁和安拖了把竹制椅子坐在出發的地方玩手機。

溫泉酒店燈火通明，門口兩邊石柱燈刷出筆直昏黃的光，郁和安餘光掃見有人影回來，抬起頭，看見來人愣了愣。

郁和安挑眉。

孟嬰寧尷尬地低垂著頭，恨不得把自己埋起來。

她沒想到郁和安會閒到跑這來坐著等他們回來，白天才說不認識的人，晚上就趴在人家背上被揹回來了，這算什麼事。

孟嬰寧嘆了口氣，晃了晃腿，陳妄側頭：「下來？」

「嗯。」孟嬰寧應了一聲。

陳妄走到路邊，把她放下，低聲問：「能站嗎？」

「沒事。」這一路走過來其實疼痛感已經減輕了，孟嬰寧扶著他的肩膀站住，抬腳看了一眼，沒腫，稍微有點紅。

陳妄鬆手，人沒走，後撤了兩步匿進陰影裡，點了根菸。

郁和安走過來：「怎麼了？」

「沒事，扭了一下。」

「妳的隊友呢？」郁和安問。

孟嬰寧抬起頭，沒答，只問：「從涼亭那邊回來大概要多少時間啊，很遠嗎？」

郁和安看一下錶：「差不多快了。」

又看了她的腳踝一眼，「妳要不要先進去處理一下？讓——」他眼一抬，看了後面的陳妄一眼，一笑，聲音溫柔和緩，「這位好心的陌生人陪妳？」

陳妟咬著菸掀起眼皮，冷淡地看了他一眼。

郁和安視線也不避，眉目含笑和他對視。

「主編……」孟嬰寧抬手，打斷兩人的深情對望，「我在這跟你一起等吧。」

差不多十多分鐘以後，第一組從林子裡出來，是兩個男的的一組，後面還跟著個韓喬。

三人一邊說笑著一邊走近，韓喬走過來，看見坐在旁邊的孟嬰寧，臉上的笑容有些僵硬。

孟嬰寧撐著腦袋，好整以暇地看著她。

旁邊兩個人看見旁邊坐著的孟嬰寧，表情一垮，也走了過來：「我們不是第一個啊？一路趕著回來的，還以為能是第一個呢，」那人說，「不過妳一個女生膽子很大啊，韓喬說妳一進去走特別快，她一抬眼就找不到妳了。」

孟嬰寧笑了一聲，沒說話，只側頭看向韓喬。

韓喬心虛地移開視線，含糊道：「我們只是走散了。」

畢竟是同事，鬧太僵對彼此都沒好處，孟嬰寧不想把兩個人的矛盾擺在明面上說。

更何況郁和安還在這，沒有一個上司會喜歡為了那麼點雞毛蒜皮的破事就像市井潑婦一樣每天吵來吵去的下屬。

她還不打算被發配到一樓對著馬桶傾訴心事。

韓喬眼看著要走，孟嬰寧喊了她一聲：「韓喬姐。」

韓喬腳步一頓，好半天，轉過頭來看著她。

孟嬰寧依然坐在那沒動，看著她也沒說話，意思很明顯——有話要說。

韓喬看了不遠處的郁和安一眼，不情不願地走過去，站到她面前。

孟嬰寧還坐在凳子上沒起來，只忽然朝著她抬起一隻手臂。

韓喬以為她毫無預兆就要動手，下意識抬手想去擋。

孟嬰寧手指擦著她的手腕穿過去，勾著她的脖子往下拉了拉，略微使力，站起身來。

她的動作很輕柔，毫無攻擊性，甚至有些親昵。

韓喬愣了愣，一時間沒反應過來，就這麼任由她勾著後頸順勢往前帶了帶。

兩人頭靠著頭，距離很近，孟嬰寧的手臂還搭在她頸間，一副哥倆好的樣子勾在一起。

「韓喬姐，我這人脾氣挺好的，一般不太會發火，」孟嬰寧勾著她，頭湊過去，用只有兩個人能聽見的音量說，「同事之間肯定都會有矛盾，我上次在茶水間裡也跟妳說了，妳如果是對我有什麼意見，或者妳覺得我哪裡讓妳不滿了，妳直接說。大家都是同一個辦公室的，以後還要一起工作，矛盾擱久了也不合適。」

「我們之間哪裡不對，打算怎麼解決，我肯定都配合。」

韓喬人有些僵。

孟嬰寧頓了頓，平靜繼續說：「但妳要是不想明著解決，不願意光明正大的聊，就想玩這種當面一套背後一套兩面三刀不上道的噁心幼稚手段，現在跟我說一聲，我也配合妳。」

孟嬰寧的手臂勾著她的脖頸，頭略微往她那邊側了側，湊到她耳邊，聲音刻意壓低了，輕柔和緩：「妳看誰玩得過誰。」

第十章　要你餵我

無論長相還是氣質，孟嬰寧都不是那種很有攻擊性的類型，說話的時候語速不緊不慢，人和聲音都軟乎乎的，沒什麼脾氣。

第一眼看起來很容易把她和「好欺負」、「沒什麼脾氣」、「好像可以任意揉捏」之類的形容掛在一起。

茶水間裡那次韓喬確信了，孟嬰寧就是沒什麼脾氣的類型。

都快要指名道姓罵到她頭上了，這人還一臉溫溫吞吞的樣子泡咖啡，好半天不痛不癢問了句「妳對我有什麼意見嗎？」

但現在來看，怎麼好像跟她想像中的有些不太一樣。

女生的指尖冰涼，勾著她的時候不經意觸碰到脖頸處的皮膚，像塊細小的冰塊貼著。

冷意順著觸碰到的那一點往上竄，韓喬本來就因為扔下孟嬰寧覺得有些心虛，現在又變成了被動的一方，氣勢掉了一截。

她梗著脖子強行嘴硬道：「本來就是妳自己跑太快……」

「我走太快，」孟嬰寧點點頭，「妳覺得我有沒有可能那時候錄了影片什麼的，畢竟我當時是走在妳後面的，好像還叫了妳一聲，不過妳這麼一說，到底是不是我丟下妳的我還真的記不清了，妳要看看嗎？」

韓喬不說話了。

遠遠看過去，兩人湊在一起聊天，像一對親密無間的好姐妹，讓人絲毫看不出任何血雨腥風的跡象。

孟嬰寧心道智障，手電筒開著的時候能錄個屁的影片。

再說她當時哪有什麼膽子錄影片，嚇都快嚇死了。

孟嬰寧懶得再多說廢話，腳踝還是疼，剛剛身上衣服又被冷汗浸了個澈底，之前還沒發現，這時夜風吹過，後背微潮的衣服貼著皮膚，難受到她只想去泡個暖呼呼的溫泉然後睡覺。

她抽回手，慢吞吞地小心走到郁和安那邊，眉眼一斂，老實道：「主編，我的腳有點痛，就先回去了。」

「嗯，去吧。」郁和安說。

孟嬰寧覺得只要不涉及到工作上的事情，這人好像確實是溫柔又透澈的。

「那位妳不認識的在旁邊等妳挺久了。」郁和安微笑繼續道。

「……」

算了，當她沒說。

孟嬰寧抬頭，看了陳妄一眼，男人站在後面的石柱燈旁，掃到她看過來，抬眸，手裡燃至盡頭的菸掐滅了，人沒動，只是看著她。

像是在等著她過去。

他一直在等著她。

這個認知讓孟嬰寧有點高興。

她腮幫子一鼓，把笑意憋回去，走到他面前。

陳妄：「好了？」

孟嬰寧點點頭：「好了。」

陳妄垂眸，看了她的腳踝一眼，抬眼問：「能走嗎？」

郁和安還有幾個同事都在旁邊，孟嬰寧也不好意思還讓陳妄揹著她了，她單腿抬起，手指捏著腳踝揉了揉。

陳妄順勢扶住她的手臂，讓她站得能更穩一點。

孟嬰寧歪著腦袋看了看，又戳戳踝骨：「好像沒什麼事，沒腫，也不太疼了。」

「我看看。」陳妄一邊拽著她的手臂，人蹲下去，手指捏住她的腳踝往上抬了抬。

女孩的腳踝白皙纖細，很瘦，握上去基本沒什麼肉。

陳妄低垂著眼蹲在她面前，動作很輕，神情專注，手指有乾燥的溫度。

像是一股火星從他捏著的地方，一點一點向身體裡竄。

孟嬰寧不自在地動了動腳，往後掙扎一下，別開眼：「好了沒啊……」

陳妄抬眸，人還蹲著，從下往上看了她一眼，垂手站起身來：「沒什麼事，這幾天注意點，走吧。」

孟嬰寧轉身往酒店裡走，她走得慢，陳妄也不急，破天荒不緊不慢地跟著她。

夜晚的日式庭院靜謐，兩人並排走在青石板鋪成的蜿蜒小道上，竹管落下磕出叮咚清冷水聲，沿路砌成的小石燈籠光線昏黃，空氣中有植物的潮濕清香。

男人的手揣在口袋裡，腳步有些懶散。

孟嬰寧看了他一眼，又收回視線，一本正經：「陳妄。」

陳妄懶聲應道：「嗯？」

「你退伍話，是不是就可以一直用手機了？」

「嗯。」

「那我教你用聊天軟體吧，」孟嬰寧眨巴眼看著他，「你知道吧？就是我上次截圖給你看的那個。」

孟嬰寧今天晚上心情太好了，不等他回答，又忍不住問：「你知道是幹什麼用的嗎？」

陳妄：「……」

孟嬰寧耐心地說：「那個是聊天用的。」

「……」陳妄都服了。

他腳步一頓，側頭垂眸：「妳是故意的吧。」

孟嬰寧特別大方地承認了：「是啊。」

「……」陳妄抬手敲一下她的腦袋，懶聲：「不用，我要那東西幹什麼，又沒人找我。」

孟嬰寧想也沒想說：「我會找你呀。」

陳妄一頓。

孟嬰寧說完才反應過來，拇指懊惱地掐了一下食指指尖，小聲補充道：「不然你不是太可憐了嗎？手機裡一個好友都沒有。」

陳妄無聲笑笑。

明知道她沒有那個意思，偶爾還是會多想。

只要是她說的，不經意的一句話對他來說都可以是蠱惑人心的撩撥。

人是特別容易滿足的生物。

有一個常年關係十分兵荒馬亂的暗戀對象的好處就在於，只要兩人相安無事地相處上哪怕一天，都會讓人覺得心情格外的好。

沒吵架！

她跟陳妄一整個一晚上竟然都沒吵架，不但沒吵架，在把她送到了房間門口以後，兩人甚至還互相道了晚安。

她已經想不起來上次和陳安這麼相安無事地分別是什麼時候了，重逢以後幾乎每一次，兩個人都是不歡而散。

里程碑式的進步！

夜深人靜，白简側身在一旁睡得很香，孟嬰寧懷裡抱著被子趴在榻榻米上，不受控制總會想到幾個小時前。

黯淡月光下，男人倚靠著門，勾唇低聲對她說了晚安。

孟嬰寧自我催眠地總覺得自己在他聲音裡隱約聽出了那麼一丁點的溫柔。

孟嬰寧頭埋進枕頭裡抱著被子翻滾了兩圈，又翻過身來，捂著臉騎自行車似的一陣狂亂蹬腿。

心裡像是種滿花的田野，大片大片的向日葵搖搖晃晃地開，她把枕頭從臉上拽下來，看著和室黯淡的木制吊頂，唇角一點點翹起來，眼睛亮亮的。

孟嬰寧抬手，從旁邊摸到手機，啪嘰啪嘰打了半天字，然後上傳一則動態，僅對自己可見。

發完，她自己欣賞一遍，看著下面那個小小的灰色的鎖，有種隱祕的滿足感。

欣賞完，她放下手機，準備睡覺。

剛放下，又拿起來。

孟嬰寧忍不住想跟誰分享一下。

她舉著手機看了一眼時間，凌晨十二點，基本上熟悉的朋友應該都還沒睡，除了林靜年。

除了日常十點鐘準時上床點上薰香帶上眼罩塗好護手霜潤唇膏手機靜音閉上眼睛準備進入夢鄉的精緻 girl 林靜年。

孟嬰寧幾乎沒猶豫，手指點著手機螢幕往下滑了一下，找到林靜年的對話框，點開。

孟嬰寧：『嗚嗚嗚嗚嗚年年啊嗚嗚嗚他今天揹我了。』

孟嬰寧：『揹我了！還抱抱了，特別溫柔的拍著我的背說別怕。』

孟嬰寧：『還說了晚安，真的從頭到尾脾氣都好到讓人毛骨悚然。』

孟嬰寧：『他是不是吃錯藥了？他褪黑激素喝多了吧？』

孟嬰寧：『好，我喜歡，吃錯你就多吃點，我等一下就去網購批發兩箱寄過去給他。』

孟嬰寧：『吃！給我往死裡吃！』

孟嬰寧手速很快，劈哩啪啦打了一長串，打完掃了一眼，心滿意足，趁著撤回的時間限制還沒過，從第一則開始，一則一則迅速地按撤回。

剛撤回到第三則，手指點在「他褪黑激素喝多了吧」上時，林靜年：『。』

「……」

孟嬰寧：『。』

林靜年：『。』

孟嬰寧差點跳起來：『妳怎麼還沒睡？』

林靜年：『晚上吃了點海鮮，有點拉肚子。』

孟嬰寧：『。』

孟嬰寧：『姐妹。』

孟嬰寧：『妳這個肚子拉得真是時候。』

林靜年：『多虧了這個肚子，我有幸欣賞了一齣深夜情感大戲。』

林靜年：『妳是談戀愛了嗎？』

孟嬰寧：『。』

林靜年：『不對，看起來像是妳單戀啊』

林靜年：『暗戀啊？誰啊？』

孟嬰寧手指一抖，回憶一下剛剛傳過去的內容裡，好像沒有出現過陳妄的名字。

孟嬰寧：『妳快點閉嘴吧，專心拉妳的肚子不好嗎？』

過了一下子，林靜年直接傳了則語音過來，孟嬰寧點開。

林靜年：『妳看看妳這個德行，大半夜的不睡覺一個人自嗨就因為他今天揹了妳，不知道的還以為人是親妳一口呢，嗨完了還撤回？妳什麼毛病，現在有喜歡的人了竟然都不跟我說了。狐狸，妳跟我有祕密了。』

「……」孟嬰寧心道我跟妳說了妳還不把房子給掀了。

林靜年：『真的喜歡啊？』

林靜年：『睡他！睡他！』

孟嬰寧手一抖。

孟嬰寧頭疼：『妳跳得也太遠了，他又不喜歡我。』

林靜年：『不喜歡妳怎麼了？他現在不喜歡妳又不代表以後不會喜歡妳，只要妳主動什麼樣的故事不能有。』

林靜年繼續說：『而且妳對人家難道真的沒有什麼非分之想嗎？這人身材好嗎？』

孟嬰寧看著手機螢幕，咬了下指尖，不知怎麼莫名想起陸之桓那句「但腹肌很硬」。

孟嬰寧臉紅了。

孟嬰寧又可以了。

她抱著被子又滾了兩圈，大半張臉埋進枕頭裡，紅著臉只露出一雙眼睛，眨呀眨，然後做賊似的打字：『嗚嗚嗚嗚特別好>/////<。』

林靜年：『那不就行了，狐狸，妳長大了，該學會自己談戀愛了，現在已經不流行純純的暗戀了，喜歡就上。』

林靜年流氓連擊：『先讓他沉醉於妳的肉體，再讓他癡迷於妳的靈魂。』

喜歡一個人真是太神奇了。

幾天前明明覺得感情道路一片灰暗對天發誓這輩子都不會再理這個人，餵了顆蜜棗以後瞬間就又重新變得鮮活起來。

孟嬰寧紅著臉，整個腦袋埋在枕頭裡，眼睛露在外面，看著林靜年打過來的最後那行字，半天沒動。

她呆呆地看著手機螢幕，一時間竟然隱隱還有些躍躍欲試。

不過這念頭也只閃過了大概零點一秒。

孟嬰寧有些鬱悶地垂著眼：『妳冷靜一下。』

林靜年那邊傳了個貼圖過來：『我當然是開玩笑的，不過讓妳主動去追是真的，就妳這麼膽小，你們要什麼時候才能成？』

孟嬰寧慢吞吞地打字：『我沒想過跟他能成……』

林靜年：『。』

林靜年不可置信：『妳到底是不是真的喜歡他？妳不想跟他在一起？』

孟嬰寧：『怎麼可能不想』

孟嬰寧：『但是——』

打了一半，她的手指動作一頓，就這麼停住了。

孟嬰寧不知道該怎麼說。

如果說三個月能養成一個習慣，那名為陳妄的習慣大概已經深入骨髓。

再多的發展，說沒想過那是騙人的，但是確實沒太想過。

就連不去期待或者奢望的情緒也變成一種習慣了。

她沒打完，林靜年就懂了：『明白，妳就是傲嬌，從小傲嬌到大，有什麼話把自己憋死也不說。』

孟嬰寧垂著眼，把沒打完的兩個字刪了，好半天，有些艱難地：『我就是覺得，他能好就行。』

林靜年：『他能好就行？』

林靜年：『他找了女朋友也行嗎？他以後跟別的女人談戀愛結婚，為別的女人哭，對別的女人笑。再以後兩人有了小孩，那小孩叫他爸爸，叫別人媽媽，妳也行嗎？妳覺得這樣和做不成朋友哪個更讓人難接受？』

孟嬰寧睫毛顫了顫。

林靜年：『狐狸，妳如果真的喜歡他，不可能會這麼無私的。』

林靜年：『妳一定會想要他只看著妳。』

同年齡的一群人裡，包括陸之桓和她自己，林靜年一直是比他們成熟的那個。

孟嬰寧覺得她說的話就像是被下了什麼咒之類的，一整個晚上，都在腦海裡不停盤桓。

當天晚上，孟嬰寧做了個夢。

海邊的空氣腥鹹，絲帶綁著成千上萬朵白色玫瑰組成巨大花架，沙灘上貝殼鋪成的小路蜿蜒向前，陳妄手裡牽著穿著白色婚紗的女人，女人看起來優雅溫柔，捲髮垂至腰際，細長脖頸、尖下巴。

再往上，臉的位置是個柴犬頭。

牧師站在兩人中間，微笑著問：「陳妄，你願意取『嗶——』為妻，保證愛她保護她一輩子嗎？」

陳妄露出了非常標準的，名為「八顆牙齒閃耀在陽光下燦爛到讓人毛骨悚然版」微笑，說我願意。

孟嬰寧被嚇醒了。

她躺在床上，盯著天花板緩一下神，慢吞吞地摸到手機，看一眼時間。

五點不到，天才濛濛亮。

孟嬰寧點出簡訊，翻到陳妄的名字，舉著手機打字：『陳妄。』

孟嬰寧仰躺著，手機高舉在眼前：『我夢見你娶了個 doge。』

孟嬰寧：『你知道 doge 是什麼嗎？』

孟嬰寧從網路上翻出 doge 的柴犬梗圖，儲存到相簿，然後傳過去給他看。

孟嬰寧：『（圖片）就是這個。』

孟嬰寧驚魂未定：『差點嚇死我。』

陳妄從浴室裡出來，就看見手機在榻榻米上嗡嗡一下子震一下，活躍得不行。

他隨手把毛巾丟到一邊，甩一下濕漉漉的頭髮，走過去彎腰把手機撿起來。

五、六則簡訊，全來自同一個人，中間還夾著張圖。

一隻黃色的大蠢狗，兩個眼珠子往同一個方向斜，狗嘴帶著弧度，一臉迷之微笑意味深長地看著他。

「……」陳妄第一次知道狗的臉上還能出現如此人性化的表情。

最後一句話：『欸，你能不能辨個聊天帳號啊，我現在傳梗圖還要用彩色簡訊傳給你，太復古了。』

他拿著手機笑了一聲，走到門邊嘩啦一聲拉開和式拉門，窗外是幽靜清晨，山林間鳥聲悠長連綿。

陳妄靠著門邊坐在陽臺上，盯著手機看了一陣子。

孟嬰寧沒再傳什麼。

陳妄的指尖在對話框裡點了點，敲了一串號碼，傳過去。

陳妄：『聊天帳號。』

孟嬰寧沒回，陳妄看了一眼時間，還早，應該是又睡過去了。

小丫頭特別喜歡睡懶覺，讀書的時候每天早上上學都雞飛狗跳，嘴裡叼著麵包片一蹦一跳的被孟母趕著出家門去學校。

因為睡過頭了。

後來都是陳妄帶著她。

陸之州那時候是學生會會長，每天早上都要早半個小時到校，有時候更早，要安排值日生，站在校門口檢查學生服儀。

孟嬰寧是怎麼也不肯少那半個多小時的睡眠時間的，為了多睡一下甚至可以忍痛拒絕和陸之州同行，最後沒辦法，十分不樂意地答應早上跟他一起去學校。

少女忍辱負重地坐在自行車後座，縮著腿，手指指尖小心翼翼地捏著自行車後車座的邊，連他半點衣邊都不沾，就好像上面有什麼病毒一樣。

陳妄莫名不爽，騎到下坡的時候叫了她一聲：「孟嬰寧。」

小女孩悶悶的聲音在身後慢吞吞地、不情不願響起：「幹什麼呀？」

「坐穩了。」陳妄說。

孟嬰寧還沒明白過來他是什麼意思，陳妄突然加速，自行車嗖地直衝向下，孟嬰寧措不及防，嗓子裡憋著一聲很輕細的叫，抬手匆忙摟住他的腰，整個人很依賴地貼上來，溫溫軟軟的一小隻。

陳妄那時候也渾，挑著眉回頭看了緊緊抱著他的少女一眼，笑得吊兒郎當的：「抱這麼緊幹什麼，這麼喜歡我啊？」

孟嬰寧面紅耳赤的鬆開手，到學校門口第一時間跳下自行車，飛快跑進校門。

那之後孟嬰寧再也沒遲到過，並且無論如何也不坐他的自行車了。

還氣到一個禮拜沒跟他說過一句話，一看見他又開始掉頭就跑。

孟母特別高興的跟他道謝，說她怎麼也扳不過來的臭毛病沒想到有一天會被他治好了，問他是用了什麼法子能讓孟嬰寧再也不賴床，甚至每天早上早起半個小時去學校。

陳妄一時間鬱悶得都不知道說什麼才好。

自作孽。

門口傳來門被拉開的聲音，蔣格睏得迷迷糊糊進來，半閉著眼拍了拍門：「陳妄哥，起了沒，杜哥讓我上來叫你。」

陳妄側頭，最後看了手機一眼，揣進口袋站起身來：「走吧。」

清晨四點多，天空亮得灰暗，一行人爬上山頂，沿著山體天然形成的葉岩峭壁往前走，看見等在那頭的杜奇文。

杜少爺今天穿了一套騷粉色衣服，身上裝備很齊全，看見他們過來，揮了揮手。

陳妄走過去。

「三點半就起了！」杜奇文興奮道，「啊，淩晨三點的空氣永遠是這麼的迷人，我現在感覺連毛孔都得到了淨化。」

杜奇文扭頭，看向蔣格，側過頭瀏海一甩：「有沒有覺得我比昨晚更帥了？」

蔣格觀察他一下，認真地說：「好像白了點。」

「傻子，」旁邊另一個穿黑色衝鋒衣的翻了個白眼，「你爹能把你養這麼大沒打死也是一大奇跡。」

「你別說，你這問題我也想過。直到現在都沒想明白，」杜奇文不但沒生氣，反而朝他豎了豎大拇指：「他上次跟我吵架的時候還說我去跟那些富二代一起沒事和女人鬼混都比玩這些強，我也沒辦法，從小就喜歡，小時候就想當個極限運動員賽車手什麼的，偶像是麥可•舒馬克（賽車選手）。」

黑衝鋒衣嘲諷道：「長大了發現你這樣好像當不了，只能開個俱樂部玩玩，沒事來鳥不拉屎的地方玩個低空跳傘。」

杜奇文不理他，把主傘蓋塞進容器裡，拉緊背上背帶，扭頭看向陳妄：「怎麼樣，這個地方不錯吧。」

陳妄往下看了一眼，目測一下高度。

這邊背山，還沒被開發出來，他們站著的這塊是一塊天然峭壁懸崖，下面河水很清，水流很急，正下方河面上掛著兩個橘紅色的橡皮船。

杜奇文跟著往下看了一眼，也有些緊張：「我還沒玩過basejump（低空跳傘），好他媽低，開傘稍微晚一點不就直接被拍到河底摔得稀碎啊？」

低空跳傘的危險性遠高於高空跳傘，高度有限，風速和風向的影響會更明顯，再加上下墜的時間短，留給跳傘者思考和判斷開傘的時間很短。

蔣格把背帶和容器遞過來，陳妄拉上背帶，不說話走到懸崖邊。

蔣格拿著頭盔往前走了兩步：「陳妄哥，這次必須要戴頭盔了，不能再……」

陳妄看都沒看他，一躍而下。

蔣格：「……」

「我靠，」杜奇文跟著往下看，「這兄弟是真的不怕死啊。」

耳邊是呼嘯的風。

清晨有潮濕霧氣，眼前一片灰濛濛的綠衝進視野裡，然後急速向上撤出。

人的下墜速度是每小時八十公里。

三秒鐘後會下落大約八十公尺。

十二秒後三百公尺。

河面在視野裡慢慢放大，一點一點逼近眼前，河水湍急，水流打在石塊上掀起白色的浪，混著風聲清晰得像是近在咫尺。

很近了。

很遠的上方隱約好像有人大吼著不斷叫他的名字。

陳妄莫名其妙想起他的手機還在褲子口袋裡，剛剛忘記拿出來了。

不知道手機是不是已經掉出去了。

孟嬰寧還沒回他訊息。

這時她大概醒了。

還跟他炫耀陸之州的帳號。

不就是個破帳號，他又不是沒有。

陳妄閉了閉眼，開了傘包。

內啡肽升高，腎上腺素分泌呈現增多狀態，不斷下墜時，身體裡每一個細胞都被打開，感官上帶來的刺激能讓人清晰地感受到自己還活著。

冰涼的河水打在腿上，陳妄上了橡皮艇，腳踩上去收傘的時候聽見遙遠的上方隱約傳來蔣格響徹山林的怒吼：「陳妄！你他媽傻子嗎！」

傻子嗎——

子嗎——

嗎——

還有回音。

陳妄笑了一聲，抬起頭來。

距離太高，岩壁又陡。從下往上只能看見嶙峋峭壁和凸起的石塊，沒辦法看到上面的人。

蔣格趴在地上，臉色煞白，舉著手機的手指都在抖。

杜奇文被他剛剛那一聲雷霆萬鈞的罵人震住了，側頭看著他，咋舌：「你這小子膽子還挺大啊。」

蔣格後知後覺地開始害怕了：「太氣了，沒反應過來，他怎麼不等被水拍碎了再開傘，」他哆哆嗦嗦的把手機收回來，一邊搗鼓一邊嘟囔，「陳妄哥等等能不能看在我為他鞠躬盡瘁的面子上留我個全屍？」

「不知道，看你造化了，」杜奇文伸腦袋往他手機上瞄了一眼，看見他用聊天軟體傳了個影片給誰，「嚇成這樣了還能想起來錄影呢？傳給誰的？」

蔣格傳完，收了手機，深吸口氣抹了把臉：「沒。」

杜奇文狐疑說：「我剛剛都看見了啊，大頭照是個女的，還挺好看。你是不是去詐騙小女生了，把陳妟的影片和照片傳給人家女孩子說是你自己？」

「……」蔣格真誠地問：「杜哥，你真的是個富二代？」

「……靠？」杜奇文把表情收了，「你什麼意思？」

「沒什麼意思，」蔣格說，「就覺得您有的時候純真得不像個富二代。」

杜奇文：「……」

孟嬰寧和蔣格是那天晚上在陳妟家裡吃蘋果派的時候加了好友，加了以後一直沒聯絡過，動態點讚之交，甚至要不是因為蔣格沒事會幫她點個讚，孟嬰寧都快忘了自己加過這麼個好友。

蔣格的影片傳來的時候，孟嬰寧剛睡醒爬起來。

四點多醒了一次以後她又迷迷糊糊睡了將近兩個小時，這時早上七點多，白簡已經醒了，正站在陽臺上對著外面的風景一陣狂拍。

孟嬰寧懶趴趴地倒在榻榻米上，撈過手機，先看見陳妟回的簡訊。

這人原來有帳號啊。

沒怎麼猶豫，她乾脆地把那一串號碼複製下來，打開聊天軟體，點開右上角的小加號乾脆地加好友。

一個聯絡人跳出來，孟嬰寧點開。

陳妄的大頭照是隻貓。

孟嬰寧有點意外，本來覺得這人的大頭照會更酷一點。

不過這大頭照也夠酷了，她點開那隻貓的大圖，那貓被一隻明顯是男人的手抱在懷裡，男人的大手手指很長，骨節分明，手背上掌骨和青筋撐出的線條輪廓清晰，有淡青色的血管脈絡。

是陳妄的手。

孟嬰寧差點忘了，這人還養貓的。

那貓就這麼被他抓著，一臉不情不願的冷漠嫌棄，垂著眼皮不耐煩的樣子簡直跟他主子一模一樣。

果然物似主人型。

孟嬰寧撇撇嘴，又仔細看了一眼，忽然覺得有點疑惑。

總覺得眼熟，好像在哪見過這貓。

可能是因為貓長得都差不多。

孟嬰寧沒太在意，加了好友退出來，等著通過的時候看了訊息一眼。

蔣格的訊息是第一個，就在幾分鐘前。

他傳了一段影片過來。

這影片很短，一共不過幾十秒，最後以一聲震耳欲聾的咆哮罵聲收尾，然後戛然而止。

孟嬰寧人都僵了。

一直聽到最後蔣格那一嗓子人名吼出來，她才驚醒似的，心像是懸在鋼絲上，被拽著搖搖欲墜吊在高空，然後啪嘰一聲落了地。

孟嬰寧的手機扔在被子上，長長地鬆了口氣。

她緩了一下，抿著唇重新撿起手機，很平靜地又看了一遍，確定他確實沒事。

看完，她握著手機脫力似的整個人倒進被子裡，強忍著沒去找他。

陽臺的木門拉開著，白簡還在外面拍照，早晨的空氣帶著清新的山林味，第一縷陽光順著榻榻米爬進房間。

孟嬰寧大字型躺著，心裡說不上來是什麼滋味。

陳妄的變化太大了，無論是性格還是行事風格，說的話以及做出的事情，都給人一種漠然到趨近於病態的無所謂。靈魂都已經寂靜的無聲無息沉入大海。

孟嬰寧不知道他這十年經歷了什麼，但是她不希望他這樣。

她記憶裡的那個少年，即使經過歲月，經過十年光陰，也不該是這樣的。

林靜年之前說的她當然想過，怎麼可能真的沒有欲望，又不是聖人。

但是每次她小心翼翼露出試探的觸角，陳安給出的反應都冷漠乾淨得讓她甚至來不及去思考下一步要怎麼辦才好。

每一次都狼狽的落荒而逃。

就連逃避也變成了一種習慣。

國中的時候不懂，那時候有更多更重要的事情要做，在那個年紀，似乎就連喜歡一個人都是一種罪無可赦，是不能為人知的祕密，只是一種很朦朧的感覺，連自己都不能確定的認知。

等到終於意識到的時候已經是很久以後了。

孟嬰寧又想起夢裡那個穿著婚紗的人。

陳妄這個狗眼光可真是差。

孟嬰寧鬱悶地翻了個身，抱著被子一臉不開心地爬起來。

白簡剛好進來，拿著手機一邊翻剛剛拍的照片掃了她一眼：「醒了？醒了去洗漱吃個早飯？不知道他們這的早餐是什麼樣的。」

孟嬰寧沒說話。

白簡抬頭，看了她一眼，一看嚇了一跳。

女孩盤腿抱被坐在榻榻米被褥上，黑髮睡得彎彎曲曲地披散著，眼底還帶著很明顯的黑眼圈，一臉哀怨地看著她。

白簡：「……怎麼了？」

「白簡姐，妳追過人嗎？」孟嬰寧問。

白簡：「啊？」

「……沒，」孟嬰寧一臉糾結掙扎期待躍躍欲試混雜在一起的複雜表情，她恍惚地站起來，夢遊似的走進洗手間，「沒什麼，我只是問問。」

員工旅遊兩天一夜，下午結束以後公司巴士再統一把人送回公司門口，然後各回各家，回家休息一下午第二天正常上班。

孟嬰寧是一上車就開始睏星人，前一天晚上又只睡了幾個小時，回程的路上抱著空調毯迷迷糊糊睡了一覺。

到公司門口下車，眾人互相打了一圈招呼，孟嬰寧叫了車回家，到家洗了個澡換上睡衣，整個人埋進床裡開始補覺。

這一覺直接睡到晚上六點，睜開眼睛的時候整個房間都是暗的。孟嬰寧側身躺在床上，睏倦地揉一下眼，第一個感覺就是肚子餓。

清醒了一下，伸手去拿床頭的手機。螢幕上一排滑下來全是訊息提示，孟嬰寧點進去一一回覆，順便看了一眼。

陳妄還沒通過她的好友申請。

孟嬰寧遲疑一下，點進蔣格的帳號，傳了個貼圖過去作為開場白。

蔣格秒回：『姐姐晚上好。』

孟嬰寧從床上爬起來，翻身下床，一邊往洗手間走一邊打字：『晚上好呀，你們還在津山嗎？』

蔣格：『不在了，早就回來了。』

蔣格非常上道：『陳妄哥也沒事，在家睡覺呢，睡到現在了。姐姐妳做什麼呢？你們也回來了嗎？』

知道他確實沒事，孟嬰寧放下心來，清水洗了把臉，進臥室換衣服：『回來了，打算出去吃個晚飯。』

蔣格：『我也還沒吃！妳吃火鍋嗎？我知道一家店特別好吃，要不要我們一起吃個火鍋？順便聊聊。』

孟嬰寧一想也行，剛好她也有挺多問題想要仔細問問蔣格。

蔣格訂了六點半的桌，那家店離孟嬰寧家近一些，她到的時候時間剛好，報了蔣格名字以後服務生領著她上了二樓。

等了大概十多分鐘，蔣格到了。

少年先看見她，一邊往這邊走一邊朝她招了招手，孟嬰寧抬眼，剛笑著抬了一下手，就看見後面跟著的陳妄。

陳妄看見她的時候也頓了一下，大概也是不知道的。

「……」

孟嬰寧看向蔣格，默默地遞了個眼神給他：你怎麼回事啊，說好的我們吃陳妄在家睡覺呢？

蔣格一臉求表揚的表情：姐姐我棒嗎！

孟嬰寧有些苦惱地看著他：你直接把本人帶來了我還怎麼跟你打聽他的事呢。

蔣格一臉求表揚的表情：姐姐誇我！

「……」

無法心有靈犀完成眼神交流，孟嬰寧放棄了。

火鍋和燒烤、小龍蝦可以一起列入這輩子都吃不膩的食物 Top 3，排序的話，孟嬰寧願意稱火鍋為王。

肚子空了一下午，孟嬰寧餓到不行，等到鍋和肉上來以後也顧不上考慮別的，一筷子羊肉、牛肉、蝦滑，吃得特別專注而快樂。

陳妄坐在她對面，不緊不慢的吃，蔣格一邊活躍氣氛跟孟嬰寧聊天，抽空遞了無數個眼神給陳妄，這人都一副沒看見的樣子。

蔣格乾著急。

真是皇帝不急太監急。

蔣格不明白自己為什麼年紀輕輕就要操這種老媽子級別的心。

蔣格嘆了口氣，憂鬱地從青菜盤裡拿了把茼蒿出來，剛要往鍋裡丟。

陳妄筷子一攔。

蔣格抬頭：「怎麼了？」

陳妄朝著孟嬰寧抬抬下巴：「過敏。」

孟嬰寧嘴巴裡咬著牛肉抬起頭來，腮幫子鼓著：「唔？」

陳妄收回筷子：「沒什麼。」

蔣格把青菜盤裡的茼蒿全都丟進旁邊的空盤子裡，笑嘻嘻地放下筷子站起來：「我去個洗手間啊。」

他一走，活躍的氣氛沒了，一時間沒人說話。

孟嬰寧吃了不少肉，肚子半飽，速度也慢了下來，夾了片牛肉涮了涮，掀起眼睫悄悄看了陳妄一眼。

填飽了肚子，就有精力開始思考別的事了。

有些事情，想是一回事，真的有這方面的想法終於蠢蠢欲動冒出芽芽破土而出的時候，心裡其實挺害怕的。

還挺茫然，根本不知道要怎麼辦才好。

直接眼睛一閉，大喝一聲：大兄弟，交往嗎？你不喜歡也沒事，要不然我們先試試？說不定搞著搞著就動心了呢。

這麼說陳妄會不會打她？

……還是先循序漸進吧。

孟嬰寧皺了皺眉，夾著牛肉涮了涮，夾進蘸料裡蘸了下麻醬，覺得有點無從下手。

她嘆了口氣，把牛肉塞進嘴裡，聽見隔壁桌一對情侶在說話。

女孩子的聲音很好聽：「老公，我想吃一個香菇菇。」

男生也很體貼：「好的老婆，老公夾一個給妳。」

孟嬰寧又夾一片牛肉塞進鍋裡，眼睛偷偷地斜過去一點，暗中觀察。

「不嘛，我不要自己吃，」女生把筷子往桌上一撂，不高興地撅著嘴巴，肩膀前後左右地不開心地晃，「我要你餵我！」

男生的神情頓時變得寵溺又溫柔：「哎喲，我老婆撒起嬌來真可愛，」男生夾起香菇送到她嘴邊，「來，老婆張嘴，啊——」

女生吃了，一臉甜蜜：「老公，我這樣你會不會覺得我很作做啊？」

男生拿起桌面上的紙巾，幫她擦了擦嘴角：「不會啊，我覺得妳這樣特別可愛。」

「……」

孟嬰寧呆呆的，覺得常識有點被刷新。

原來這樣男生會覺得，特別可愛嗎？

孟嬰寧看得嘆為觀止，匆忙收回視線，把煮的已經有些老了的牛肉撈出來吃了，又若無其事地涮了好幾筷子，掩飾般低頭猛吃。

陳妄抬眸，就看著女孩跟被餓了三個月似的一筷子一筷子狼吞虎嚥，從坐這裡開始盤子裡除了肉就沒見她夾過別的。

眼睫低垂，腮幫子小倉鼠似的一鼓一鼓的，速度很快，怕別人搶她的食物似的。

特別可愛，又有點好笑。

陳妄斂下笑意，用公筷從鍋裡夾了點青菜放到她盤子裡：「別只吃肉。」

孟嬰寧捏著筷子，看著突然出現在眼前的綠色蔬菜，抬起頭來，遲疑看著他，眼底的掙扎很明顯。

她特別不愛吃青菜。

陳安以為她是不想吃，不跟她商量：「不想吃也要吃。」

「……」

孟嬰寧又看了隔壁桌的那對情侶一眼，男生神情專注地看著女生，眼底有藏都藏不住的濃烈愛意。

是真的很喜歡。

再看看對面這隻狗。

凶巴巴的。

孟嬰寧酸了。

孟嬰寧太嫉妒了。

孟嬰寧扭過頭來不再看他們，猶豫幾秒，慢吞吞地放下筷子，臉很不明顯地紅了。

「我不想這麼吃。」孟嬰寧小聲說。

陳妄挑眉：「那怎麼吃？」

孟嬰寧根本不好意思也不敢看他，低頭垂著眼，盯著自己盤子裡的那兩顆青菜，結結巴巴地說：「要……要你餵我。」

——《玫瑰塔》未完待續——

高寶書版 致青春

美好故事
觸手可及

蝦皮商城同步上架中！

https://shopee.tw/gobooks.tw

高寶書版集團
gobooks.com.tw

YH 091
玫瑰塔（上）
作　者　棲見
責任編輯　吳培禎
封面設計　Ancy Pi
內頁排版　賴姵均
企　劃　何嘉雯

發 行 人　朱凱蕾
出　版　英屬維京群島商高寶國際有限公司台灣分公司
Global Group Holdings, Ltd.
地　址　台北市內湖區洲子街88號3樓
網　址　gobooks.com.tw
電　話　(02) 27992788
電　郵　readers@gobooks.com.tw（讀者服務部）
傳　真　出版部(02) 27990909　行銷部 (02) 27993088
郵政劃撥　19394552
戶　名　英屬維京群島商高寶國際有限公司台灣分公司
發　行　英屬維京群島商高寶國際有限公司台灣分公司
初　版　2022年7月

本著作物《玫瑰撻》，作者：棲見，由北京晉江原創網絡科技有限公司授權出版。

國家圖書館出版品預行編目(CIP)資料

玫瑰塔/棲見著. -- 初版. -- 臺北市：英屬維京群島商高寶國際有限公司臺灣分公司, 2022.07
冊；　公分. --

IISBN 978-986-506-453-2(上冊：平裝). --
ISBN 978-986-506-454-9(中冊：平裝). --
ISBN 978-986-506-455-6(下冊：平裝). --
ISBN 978-986-506-456-3(全套：平裝)

857.7　　111008546

凡本著作任何圖片、文字及其他內容，
未經本公司同意授權者，
均不得擅自重製、仿製或以其他方法加以侵害，
如一經查獲，必定追究到底，絕不寬貸。
版權所有　翻印必究

GOBOOKS
& SITAK
GROUP©